나의 기차는 어디로 갔을까

나의 기차는 어디로 갔을까

이동순 글 ― 정병례 그림

문학동네

세월이 아무리 흘러가도
우리 사랑은 조금도 변함이 없을 거야.
사랑은
가슴이 따뜻한 사람만 지닐 수 있는
보물이란다.

차례

기차여

달밤이었다.

싸늘한 달빛을 흠뻑 빨아들여서 철길은 더욱 차갑게 보였다.

두 줄기 궤도는 그 달빛을 이마에 얹고 남북으로 나란히 뻗어서 슬프고 아득한 추억과 연민의 세계로 한없이 달려가고 있었다.

나는 깊이를 알 수 없는 밤바다의 중심과도 같은 저 아득한 어둠을 향해 기적을 울렸다. 내 심장에는 지금 활활 타오르는 석탄이 한가득 채워져 있다.

어둠 속에서 빨갛고 예쁜 빛깔을 한껏 뽐내는 석탄은 흘러간 시간이 거침없이 뿜어대는 고요와 근심에 고즈넉이 몸을 내맡기고 있었다.

이 모든 것을 품에 안고 나는 이 밤도 소리치며 달려간다.

나는 시간을 따라잡기 위해 이 세상에 태어났다.

시간이란 녀석은 고삐 풀린 망아지처럼 끝없이 달아나기만 한다.

어차피 내 운명은 늘 저만치 앞서가는 시간을 따라잡기 위해 허겁지겁 질주하는 삶으로 빚어진 것이다. 나의 할아버지도 아버지도 형제들도 모두 그렇게 살아왔다. 등뒤에 짐을 잔뜩 실은 달구지를 매달고 언덕을 힘겹게 올라가며 허연 입김을 씩씩 내뿜는 한 마리의 나귀처럼……

달리는 나를 향해 사람들은 늘 이렇게 말한다.

"저 기차란 녀석은 시간을 마치 신앙처럼 세상에 퍼뜨리고 있어!"

"기차가 철도 위를 달리고부터 왜 이렇게도 시간은 그전보다 더욱 빨리 지나가는지."

이후로 나는 새로운 세기의 속도와 그 상징처럼 되어버렸다. 삶의 맥박이 엄청나게 다급해진 것은 분명한 사실이다.

하지만 늘 서두르며 달아나는 시간을 사람들은 왜 반드시 뒤쫓아 잡아야만 하는 것일까?

항상 앞서 달리며 사람들을 조롱하는 저 장난꾸러기 녀석들을 인간은 과연 따라잡을 수 있기나 한 것인가?

시간의 속도는 왜 기차의 속도를 항상 앞지르고 있는 것일까?

기차와 시간은 무엇 때문에 저토록 팽팽한 긴장관계에 놓여 있는 것인가?

처음에 나는 나의 타고난 운명과 그 고단함에 탄식하며 심한 불만도 품었다. 하지만 이제는 자신에게 주어진 조건과 환경을 그냥 담담하게 받아들일 뿐이다.

세월의 변하는 속도는 빠르고 무섭다.

그러나 나는 오늘도 앞만 보며 묵묵히 나의 길을 달려간다.

항상 바쁜 일정에 쫓기던 내 발걸음은 걷는 게 아니라 거의 달리는 수준이었다.

집이라고 따로 정해진 곳이 없었고, 어디나 가서 쉬는 곳이 내 거처였다. 서울에서 출발하여 경부선을 달려서 부산에 도착하면 부산역이 내 집이었다. 또한 서울에서 출발하여 호남선을 달려서 목포에 도착하면 목포역이 내 집이었다. 나는 삼천리 방방곡곡 철도가 있는 곳이면 어디나 달려갔다. 바람을 가르며 달리고 또 달리는 것이 나의 운명이자 생활이었다.

워낙 느리다고 해서 이름이 완행열차였지만, 목적지에 빨리 데려다주기를 바라는 나그네들은 내 발걸음이 아무리 분주해도 언제나 시계를 들여다보며 불만스러워했다. 그때 나는 부산을 출발해서 서울까지 가려면 꼬박 하루가 걸렸다. 새벽에 떠나면 자정이 가까운 무렵에야 지친 몸으로 도착하곤 했다. 역이란 역마다 모조리 들러서 여객과 화물을 실어날라야 했으니 온종일 걸리는 것이 이상할 것도 없다.

급행열차는 더욱 바쁘고 분주한 신세였다.

자신을 돌볼 틈 없이 초조한 달음박질로 눈을 감고 소리치며 달려갔다. 느긋하게 신세타령이라도 해볼 겨를조차 없었던 것이다. 증기기관차는 매일 아침 습관적으로 무거운 몸을 일으킨다. 내가 살아온 세월의 무게만큼 내 몸은 무겁고 육중하다. 먼 길을 달려가야 하므로 먼저 석탄으로 조반을 배불리 먹어둔다. 석탄을 먹는 내 모습은 어둑어둑한 마구간에서 혼자 여물을 먹는 나귀처럼 쓸쓸하다. 그러고 나면 곧 출발하여 해 뜨기 전의 벌판을 기적소리를 높이 울리며 달려간다.

한참 달리다보면 들판의 저 끝에서 아침해가 둥실 떠오른다.

세상의 모든 만물은 아침 햇살을 받아서 온통 금가루를 뿌려놓은 듯 찬란한 금빛이었다. 가장 아름다운 것은 해가 뜨기 직전 동녘 하늘이 불그레 물들어올 때의 그 신령스런 빛깔이다. 이 빛깔은 시시각각 달라지면서 하늘 전체를 황홀한 분위기로 가득 채운다.

대지의 심장에서 들려오는 고동소리를 들은 적이 있는가?

나는 대지의 숨소리를 귀로 듣고 몸으로 느끼면서 달렸다. 이것은 오직 새벽을 달리는 기차만이 듣고 느낄 수 있는 감격이었다. 이 감격을 무슨 말로 표현할 수 있으랴.

내 앞에 마련된 길은 오직 나의 길이었다. 이 길은 나에게 운명인가? 아니면 내가 스스로 선택한 길인가? 나는 내 앞에 놓인 궤도란 길에 대하여 불평과 불만을 가질 필요가 없었다. 불평과 불만 속에서 시간을 보낸다면 너무도 어리석을 것 같았다. 궤도라는 운명을 탓하기보다는 나에게 주어진 길을 어떠한 마음가짐으로 달려가느냐가 훨씬 중요했다. 나는 다만 나에게 주어진 길을 충실히 달리기만 하면 되었다.

내 눈앞에 펼쳐지는 싱그런 대자연과 도란도란 정겨운 대화를 나누며, 그저 이 순간을 있는 그대로 받아들이자. 지금 이 순간 나는 그 이상도 그 이하도 바라지 않는다.

유채꽃이 노랗게 만발한 봄날 아침의 들판을 거침없이 달려갈 때는 세상에서 오직 나 혼자뿐인 것 같았다. 하지만 아무리 빨리 달린다 한들 멀리 산꼭대기에서 바라보면 꼭 땅바닥을 꼬무락거리며 기어가는 실지렁이와 같았을 것이다.

그래도 처지가 같은 기차들끼리 만날 때면 달이 뜨고 사방이 조용한 밤, 우리가 살아온 시간들과 그 운명에 대해 한 번씩 푸념을 나눌 때가 있었다. 우리의 이름은 비둘기호, 통일호, 무궁화호, 새마을호 따위로 시시각각 바뀌어져왔지만, 치장만 조금 달라졌을 뿐 우리가 달리는 궤도는 항상 같은 철도였다.

비둘기호!

한때 나는 이런 이름으로 전국의 철도를 누비었다.

하지만 세월의 뒷전으로 밀려나 낡은 역사 뒤에 비를 맞고 서 있게 되었다.

내리는 빗속에 우두커니 서 있는 나의 객실 속으로 들어와본 적이 있는가.

안으로 들어가보면 오랜 세월의 때가 묻어서 지저분한 얼룩이 그대로 남아 있었다.

내가 승객들과 더불어 같이 지내던 시절의 아름다운 추억이 객실 속에 그대로 묻어났다. 요즘 다니는 고속철은 사람과 더불어 지내기보다는 이윤이라는 효율성과 더욱 친하게 지내고 있질 않은가.

하지만 나 비둘기호는 산과 강과 마을의 그림자들과 그 언저리의 윤곽을 고스란히 스쳐가면서 겸허하게 철길을 달렸다. 오로지 사람들 가까이에서 매우 천천히 달렸기 때문에 나는 이름 없는 사람들, 가슴에 슬픔 많은 사람들의 희로애락을 그대로 품어줄 수 있었던 것은 아닐까. 그런 까닭인지 사람들의 생각 속에서 나는 사람들처럼 피도 흘리고 또 이따금 슬플 때면 눈물도 흘릴 것처럼 여겨졌다.

저 고속철은 어떠한가. 영리하고 유능하다. 그리고 젊고 매력적이다. 하지만 그들은 피도 눈물도 흘리지 않을 것 같은 비정한 얼굴이다. 왜 그렇게도 그들의 얼굴에서 정감이 사라져버렸는가.

바야흐로 20세기의 막이 오르기 직전 어느 가을이었다.

서울 노량진에서 인천 제물포 간에 놓였던 경인선 33.2킬로미터를 시발로 백 년 동안 기적소리 요란히 울리며 달려온 기차. 당시 경인선을 달렸던 내 할아버지 증기기관차의 이름은 '모갈1호' 였다. 벌써 아득한 옛날의 일이다.

맨 처음 철도와 기차는 사람들에게 선망의 대상으로 우뚝 서서 어깨 위에 금빛 견장을 단 장군처럼 군림하였다.

1899년 가을, 독립신문의 기사로 다루어진 내 할아버지의 모습은 이렇다.

> 화륜거(火輪車)의 소리는 우레와 같아 천지가 진동하고
> 기관차의 굴뚝 연기는 하늘 높이 솟아오르더라.
> 차창에 앉아서 밖을 내다보니 산천초목이 모두 움직이는 것 같고
> 나는 새도 미처 따르지 못하더라.

그런데 이러한 호령과 군림이 세월이 흘러가면서 점차 위압적이고 무서운 제국주의 특유의 표정으로 바뀌어갔다. 철마(鐵馬), 쇠를 녹여서 주물로 만든 말이란 이름의 느낌에서 특히 그런 선입견을 갖게 했다. 이 무수한 철마 중의 하나였던 나 비둘기호는 그 막다른 벼랑의 언저리에서 이제 고단한 삶을 정리하였다.

나는 이 땅의 구석구석을 누비며 서민들의 삶의 애환을 싣고 달렸다. 닳을 대로 닳아서 낡고 때 묻고 해진 시트. 거의 직각으로 고정된 불편하던 좌석. 그러나 그 불편함보다도 어릴 적 외할머니 품속같이 마냥 포근하게 느껴지던 삼등실 객차! 살아가기가 몹시 고단하고 힘겹던 시절, 삼등실 객차의 유리창은 지친 내 마음을 쓰다듬고

위로해주던 훌륭한 도구였다. 삼등실 객차의 유리창에 입김을 불어서 고향 이름을 적던 이는 지금 어디로 갔을까? 나 비둘기호는 이제 추억 너머로 아득히 사라져버렸다. 아직도 나를 살뜰히 기억해주는 사람은 과연 얼마나 될까.

지역마다 우리의 이름들은 또 얼마나 많고 각양각색이었던지.

통일호, 풍년호, 증산호, 협동호, 부흥호, 약진호 등등, 삶에 시달리고 늘 가난했던 백성들의 갈망이 그대로 담긴 우리의 이런 이름을 노인들은 아직도 떠올리고 있다.

나는 아침마다 자주 마주치던 시골 아낙들의 모습을 생생히 떠올린다. 그들이 장터에서 돌아오는 저녁, 각자가 장을 보아온 것들을 서로 꺼내어 비교해보던 모습도 기억한다. 그때 아낙네들의 짐 꾸러미는 어찌 그리도 크고 많던 것인지. 하지만 나 비둘기호는 찡그리지 않고 그 많은 짐들을 모두 받아 실어주었다. 나이 일흔도 훨씬 넘긴 할머니. 장 보기도 힘에 겨웠던가, 붐비는 열차 맨바닥에 그냥 주저앉아 쉬었다. 큰 도시를 지날 때는 그렇게도 왁자지껄하더니만, 도시를 빠져나가 들판을 달릴 때쯤엔 모두들 서로 어깨를 기대고 쿨쿨 잠이 들었었지. 때로는 승객이 너무 적어서 한 칸에 손님이 단 한 사람뿐일 때도 있었다.

작은 간이역에 서서 나보다 더욱 빨리 달리는 열차에게 길을 비켜주기 위해 얼마를 기다렸을까. 시골 간이역에서의 짧은 휴식은 달콤하다.

누구나 기나긴 여정 속에서 고단한 몸과 마음을 쉬고 싶을 때가 있다.

길가의 나무 그늘을 벗삼아 쉬면서 나는 지금까지 달려온 내 삶의 길과 앞으로 달려갈 길을 곰곰이 짚어본다. 드디어 무궁화호는 질풍처럼 간이역을 앞질러갔다.

그것을 확인한 다음 나는 열차의 연결부위를 전체적으로 한 번 흔들어보며 천천히 떠날 채비를 한다. 덜컹거리는 소리가 더해가고 차츰 속도가 붙기 시작하면서 기차 지붕에 쌓였던 눈이 흩날리기 시작한다. 날리는 눈발은 차창 밖에 달라붙는다. 그리고 차창 안쪽에는 서서히 김이 서리면서 바깥풍경이 흐려진다.

제대로 닫히지 않는 벌어진 문틈으로 눈발이 비집고 들어왔다.

나의 뒤쪽으로는 떠나는 비둘기호를 향해 손에 든 초록빛 랜턴을 흔들며 점차 시야에서 멀어지는 역무원들의 모습이 아련히 보였다. 그리고 시골 간이역의 불빛은 희뿌옇게 멀어져갔다.

비둘기호가 떠나간 자리에 이제는 산과 강, 마을 주변을 일직선으로 뚫고 고속철이 질풍처럼 달려간다. 저 녀석들이 점점 세력을 키우고 확장할수록 사람들은 과거에 없던 신속함과 편리성을 새로 얻게 될 것이다. 하지만 그들은 긴 세월 동안 함께 인정을 나눠왔던 철도 위의 살뜰하고도 오랜 친구들을 하나 둘 잃어가게 될 것이다.

고속철 옆에서 낡은 비둘기호의 모습은 고색창연한 박물관 마당의 유물처럼 한층 후줄근해졌다. 흘러간 옛 추억에 젖어서 이따금 세월의 한쪽 구석으로 밀려난 나 비둘기호를 기억하고 일부러 타보려는 승객들이 찾아오기도 했다. 무서운 속도로 변해가는 세상의 모습을 생각하면 내가 겪은 변화는 어쩌면 당연한 것인지도 모른다.

모든 것이 바뀌어가는데 비둘기호라고 거기서 예외일 수는 없지 않겠는가.

이런 변화를 마음속으로 받아들이면서도 나는 그 변화의 너무 빠른 속도와, 또 파괴와 소멸로 이어지는 과정에 대해서 못마땅한 점도 많다. 그러나 이런 나의 불만에 대해서 특별히 관심을 가지는 사람은 없다. 다만 흘러간 세월 속에서 낡은 생활용품이나 물건들을 수집하고 찾아다니는 사람들이 나의 이런 불만을 이따금 귀 기울여 들어주곤 한다. 내 탄식을 들어주는 그들이 나는 참 고맙다.

해방 전, 나는 증기기관차의 모습으로 두만강을 넘어 중국 벌판을 달려본 적이 있다.

그때 내 이름은 빛이란 뜻의 '히카리(光) 호'. 부산에서 출발하여 만주 봉천까지 달렸다. 서울과 부산을 왕복할 때는 새벽이란 뜻의 '아카쓰키(曉) 호' 로 이름이 바뀌었다.

왜정 말기의 창씨개명은 철도 위를 달리는 나에게도 들씌워졌다.

해방되던 이듬해에 비로소 일본 이름을 버리고 '조선해방자호' 가 되었고, '통일호' 란 이름은 6·25가 일어난 지 다섯 해가 지나서 붙여졌다.

히카리란 이름으로 만주 벌판을 달릴 때 끝없이 이어지는 고량 수풀을 보았다. 몇 날 며칠을 달려도 눈에 보이는 것은 오로지 수수밭뿐이었다. 광막한 중국의 들판에는 이렇게 하염없이 달리기만 하는 기차가 얼마나 많은지 모른다.

거기 비하면 비좁은 국토에서 내가 겪은 고생은 아무것도 아니었다.

서울에서 부산으로, 혹은 부산에서 서울을 거쳐 신의주로…… 서울에서 목포로, 다시 목포에서 서울을 거쳐 원산과 함흥까지, 방울 소리를 울리며 달리는 조랑말처럼 그저 하염없이 달리고 또 달리던 시절이었다.

기차의 집은 어디인가

돌이켜보면 그게 언제의 일이던가.

그래도 그때는 삼팔선이란 것이 아직 놓이지 않아서 나는 남과 북의 산천과 들판을 마음 놓고 다녔었다. 이 나라 땅덩이는 참으로 아름다웠고, 가는 곳마다 정겨움으로 흘러넘쳤다. 하지만 사람들의 얼굴에는 표정이 없었다. 왠지 알 수 없는 수심으로 가득하였으며, 땅이 꺼질 듯 깊은 한숨을 짓는 사람들이 많았다. 바로 해방 직전의 일이었다.

내 아버지와 어머니는 식민지 시절 초반에 태어났다.

아버지의 이름은 '융희1호', 어머니의 이름은 '융희2호'였다.

융희(隆熙)는 당시 순종 황제의 연호라 했다.

우리 부모님은 경부선 개통과 더불어 시커먼 무쇳덩어리로 만들어졌던 것이다. 앨범에 남아 있는 흑백사진을 보면 열차 개통을 앞

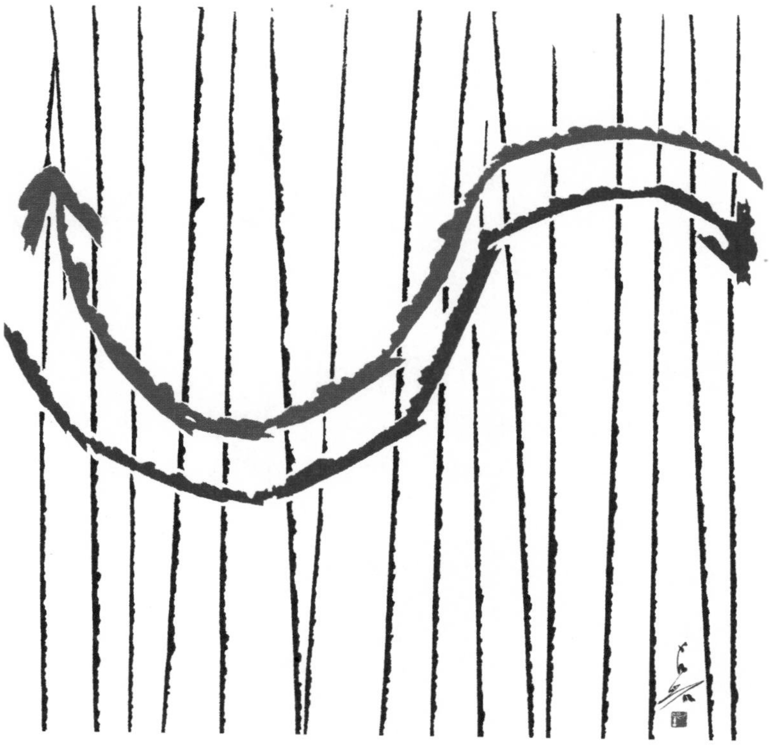

둔 부모님의 앞가슴은 온통 꽃다발과 일장기로 장식되어 있었다. 일본에서 온 고관대작들과 총독부의 높은 관리들을 비롯하여 엄청나게 많은 사람들이 부모님 주위를 둘러싸고 기념촬영을 하였다.

내 어린 시절, 부모님은 식민지 전역을 분주하게 다녔었고, 이따금 특별열차로 뽑히면 압록강과 두만강을 넘어서 만주 벌판까지 달려가기도 했던 것이다. 무엇 하나 아쉽고 부족한 것이 없었다. 사람들은 저마다 내 부모님을 한번 타보기 위해 잔뜩 부푼 호기심을 안고 기차에 오르곤 했었다.

그렇게 세월이 흘렀다. 지친 내 부모님은 워낙 많은 곳을 바삐 다니느라 기어이 몸에 병이 생겼고, 탈선사고까지 여러 번 났다. 게다가 독립단의 습격을 여러 차례 당하고, 돌팔매질도 무수히 받았다. 부모님을 습격했던 그 독립단원들은 일본 순사와 보조원들에게 잡혀서 십자가 형틀에 매달려 눈이 가려진 채 일본도로 처형되었다.

세월은 너무도 뒤숭숭하고 무서웠다. 그러한 세월의 바람 속을 부모님은 아픈 몸으로 달리고 또 달리셨다. 그러느라 아버지의 몸은 곪을 대로 곪아서 속이 온통 상처투성이었다.

기어이 건널목에서 큰 사고를 당하셨다.

간수 없는 건널목으로 접근해가는데 보잘것없는 낡은 목탄차 한 대가 철길 위에 가로놓인 것이 보였다. 목탄차란 장작을 불에 태워서 물을 끓이고 그 증기의 힘으로 가던 차를 말한다. 당시 목탄차는 몹시 배고픈 사람처럼 힘이 없었다. 먹고살기가 어려웠던 일제 말 이런 목탄차가 길거리에 느릿느릿 다녔다.

그런데 그 목탄차가 급히 건널목을 건너가려다가 눈길에 미끄러져 그만 중간에 걸쳐진 것이었다.

이 광경을 멀리서 발견하고 황급히 제동을 걸었지만 이미 때는 늦었다. 시동이 꺼진 채 건널목에 서 있던 목탄차를 그대로 들이받으면서 오십 미터나 끌고 가다가 아버지의 바퀴는 기어이 선로 밖으로 빠져나와 여러 차례 뒹굴었다. 열차와 열차 사이에 몸이 낀 채 숨이 끊어진 사람도 있었고, 창문으로 튕겨져나가 죽은 사람도 있었다. 객차 안에서 중상을 입은 승객들은 부서진 창문으로 얼굴을 내밀고 손만 내저었다. 주변은 온통 아비규환이었다.

이날 수십 명의 승객들이 죽거나 다쳤다. 물론 아버지의 몸은 크게 부서졌고, 목탄차도 구겨진 휴지처럼 형체를 알아볼 수 없게 찌그러졌다. 큰 사고였다.

마침내 아버지의 몸은 더이상 회복할 수 없는 상태가 되어 기차역 뒤편으로 끌려와 몇 달 동안 처박혀 있었다. 해 지는 저녁, 비를 맞고 우두커니 앉아 있던 아버지의 쓸쓸한 마지막 모습을 나는 기억한다.

아버지의 사고를 겪고 나서 어머니는 늘 악몽과 현기증에 시달렸다.

어머니는 주로 호남선 쪽을 달렸는데 산란한 마음을 진정하지 못하신 채 당신도 기어이 사고를 내고 말았다. 아버지의 건널목 사고가 있은 지 불과 석 달 뒤였다. 광주역 구내에 서 있던 다른 열차의 꽁무니를 뒤에서 들이받고 만 것이다. 남편의 사고 때문에 넋을 놓고 있다가 일으킨 사고였다.

당시 어머니는 분명 앞에 아무것도 보이지 않았다고 했다. 하지만 그 순간 깜빡 졸았던지 아니면 아버지의 사고 후유증으로 정신이 혼몽해졌던 것이 틀림없다. 열차 승무원은 기차와 승객의 안전을 위하여 어떤 경우에서건 정신을 바짝 차리고 수칙을 준수하면서 운행을 해야만 한다. 대부분의 열차 추돌사고는 승무원의 졸음운전과 정지 신호의 무시 때문에 일어나는 법.

그때 추돌이 얼마나 심했던지 어머니는 달리던 속도를 이기지 못하고 정거장에 서 있던 열차의 뒤를 그대로 들이받았다. 그런 다음 앞에 있던 열차를 타넘어올라 옆으로 풀썩 쓰러졌다. 물론 어머니의 온몸은 형체를 알아볼 수 없을 정도로 심하게 찌그러지고 파손되었다.

마침내 부모님의 몸은 여러 조각으로 잘리고 나뉘어져 함께 장항제련소로 옮겨졌다. 새로운 기관차로 다시 태어나려면 현재의 낡은 육신이 모두 녹아 없어져야 된다고 했다. 수십 년 동안 질풍노도 속을 헤치며 달려온 부모님의 육신은 펄펄 끓는 용광로 속으로 들어가 드디어 형체도 없이 세상에서 사라져버렸다.

나는 어린 몸으로 홀로 남아서 어미 잃은 당나귀 새끼처럼 슬피 울며 기차역 부근을 헤매었다. 이런 내가 해방이 된 후 등뒤에 많은 객차를 달고 드디어 지난날의 내 부모님처럼 전국을 다니게 되었던 것이다. 나는 부모님을 잃어버리고 혼자 이 땅에 남은 하늘가의 외톨이 고아였다. 제각기 먹고살기 바쁜 시절에 누가 나를 거들떠보기나 하겠는가. 누가 내 애타는 그리움과 슬픔, 혹은 가슴속 서러움을 돌볼 생각이나 하였으리.

부모님이 그리울 적마다 지난날 부모님이 다니던 발자국을 더듬으며 애타는 그리움을 달래곤 했었다. 하지만 부모님은 틀림없이 다른 모습으로 태어나 내 옆을 스쳐 지나가곤 하였을 것이다. 부모 자식 간이라도 우리는 서로 얼굴을 알아보지 못하고 그냥 기적을 울리며 지나갔을 터였다.

그래도 나는 부모님이 다시 환생하여 철길 위를 달리고 있을 것이라는 생각에 못내 마음 든든했다. 죽어서 다시 태어나는 윤회란 것이 있다면 부모님은 틀림없이 새로운 목숨을 얻어서 어딘가를 달리고 있을 것이다. 나는 부모님이 윤회의 굴레를 아주 벗어나 영원한 소멸의 세계로 들어갔다고 생각하지는 않는다.

삼랑진역을 막 출발했을 때 해가 지기 시작했다.

서산으로 해가 꼴깍 넘어가자 땅거미는 삽시에 짙어져왔다.

집집마다 등불을 켜는 시간이라 하나 둘 창문에 불이 달렸다. 어떤 집은 제법 환한데, 그 집은 틀림없이 전깃불을 켜는 집일 것이다. 또 어떤 집은 흐릿한 창문이니 보나마나 촛불이나 호롱불이 분명하다.

철로변의 골목길을 지나는 행인들이 담뱃불을 붙이는 광경이 시야에 들어온다.

성냥불이 한 번 만에 붙지 않는지 여러 번 시도하더니 기어이 빠끔거리며 담배가 어둠 속을 걸어간다. 초저녁 어둠 속에서 담뱃불은 마치 산골의 반딧불 같다.

허공에서 잠시 반짝거리다가 언덕 너머로 사라지곤 하던 그 밤하늘의 반딧불들.

혹은 세월의 덧없음을 일깨워주려고 하늘 저켠 구석에서 혼자 가만히 십자성호를 긋던 별똥별의 족속들……

한바탕 서늘바람이 불어가자 철둑 가 언덕 위에 무성하던 잡초들은 이미 무서리를 맞아 우수수 초겨울 소리를 내고 있었다.

쇠뜨기, 방동사니, 왕바랭이, 도꼬마리, 쑥부쟁이, 구절초, 억새풀 등, 제각기 하나씩의 투박한 이름을 지닌 그것들은 길가에 아무렇게나 돋아나 삶의 정돈된 계획을 단 한 번도 가져보지 않고 그냥 닥치는 대로 살아왔다.

쉴새없이 열차가 오고갈 적마다 일제히 공중으로 떠올랐다가 느릿느릿 내려앉는 시꺼먼 철도 분진을 둘러쓰고, 충분한 성장도 제대로 해보지 못한 채, 그것들은 한해살이의 짧은 생애를 어느덧 마감하려 하고 있었다.

다음 정차역이 가까워오자 나는 약간의 한기로 등골이 오싹해졌는데, 그 오싹함이 꼭 바람 때문만은 아니었으리라.

부모님이 사고를 당한 뒤에 조각조각 고철로 분해되어 장항제련소로 떠나간 다음 나는 부모님이 하던 일을 그대로 이어받았다. 이런저런 고단한 일들에 시달렸지만 그중에서 가장 힘들었던 것은 전쟁이 터지고 나서 피난열차로 사람들을 실어날랐던 일이다.

그 일은 지금 생각해도 몸서리가 쳐진다.

인민군이 서울에 들어오기 직전 한강철교는 이미 폭파되어 용산역 선로는 끊어져버렸다. 그래서 영등포역이 새로운 발차 기점이 되었다. 워낙 목숨 보전하기에 급급해서 피난민들의 안전이고 뭐고 헤아릴 겨를이 없었다. 꾸역꾸역 밀려닥치는 피난민들은 객차 안과 짐받이를 비롯하여 빈 공간을 가득가득 채우고, 급기야는 내 지붕 위에까지 올라앉았다.

만약 한 사람이 자리를 뜨게 되면 그 빈자리에 곧 다른 사람이 와서 차지했다. 그 때문에 자리를 뺏길 것이 두려워 오줌이 마려워도 자리를 뜨지 못했다. 동지섣달 그 추운 날씨에 어떤 아기 엄마는 품에 안은 아기가 숨이 끊어진 줄도 모르고 내내 안고 있었다. 열차가 굴에 들어갔다가 나오면 지붕에서 몇 사람씀 떨어져 죽었다. 지붕의 난간에 아슬아슬하게 앉았다가 가족들의 손을 놓치고 달리는 열차에서 떨어져 죽는 경우도 많았다.

기차에서 떨어지는 사람들의 절규와 비명을 들으면서도 나는 황급히 달려가야만 했다.

가다가 걸음을 멈추면 그대로 몰죽음이었기 때문이다.

쓰라린 눈물의 피난길이었다.

그러한 고난의 길에서 과연 돌아올 기약이란 있었던 것일까.

이렇게 열차의 지붕에라도 앉아서 남쪽으로 내려올 수 있으면 그나마 다행한 처지였다. 거의 대부분 걸어서 인적이 드문 산길로, 혹은 신작로로 피난을 떠났다. 보퉁이를 머리에 이고, 등에 아기를 업고, 노인을 지게에 앉혀서 등에 지고 길을 떠났다. 장마철 개미들의 행렬처럼 남으로 향한 기나긴 피난행렬은 전쟁이 끝날 때까지 내내 이어졌다.

육십만 중공군이 인해전술로 압록강 두만강을 넘어 기습해오면서 국군과 유엔군은 허겁지겁 남쪽으로 달아날 수밖에 없었다. 그 달아나던 날이 마침 1월 4일이어서 이것을 어른들은 일사후퇴라고 불렀다.

1950년도 저물어가던 동짓달, 흥남부두엔 눈보라가 휘몰아쳤다.

남으로 내려가려는 피난민들로 흥남부두는 발 디딜 틈 없이 붐비었다.

모질게 추웠지만 워낙 다급한 마음에 추운 줄도 몰랐다.

이미 중공군이 원산을 점령했다는 소식이 들려와 그들의 피난길은 막혀버린 것이다.

이제 남은 곳은 바다뿐이었다. 민간인들의 배는 이미 떠나버렸고, 미국 군용선 LST가 부두에 정박했으나 병사들과 군수품만 실을 뿐이었다. 시시각각 급박한 상황 속에서 결국 미군수송선은 피난민들을 태울 수밖에 없었다. 서로 먼저 타겠다고 아우성치느라 흥남부두는 그야말로 아비규환이었다.

당시 약 십만 명 정도가 수송선을 탈 수 있었으나, 끝내 부두에서 배를 못 타고 발만 동동 굴리며 눈물짓던 사람은 훨씬 많았으리라.

가족들과 헤어질 때 그들은 그저 눈물에 젖은 얼굴로 목이 메어

"부산 영도다리에서 만나자!"

라고 외치며 발만 동동 굴렀다. 이렇게 무작정 떠나온 고향!

낯선 항구 부산으로 내려와서 국제시장과 영도다리 주변을 일과처럼 맴돌았다.

당시 영도다리는 하루에 두 번씩 몸체를 들어올리고 내렸다. 그 틈을 이용해서 선박들은 다리를 통과해 지나갔다.

한 번 다리를 올리고 내리는 데 걸리는 시간이 각각 오 분, 선박 통과에 오 분.

이렇게 십오 분 동안 펼쳐지는 영도다리 쇼를 보려고 많은 구경꾼들이 모였다.

그 영도다리 난간에는

'아무개야! 나 여기 있다!'

라는 글씨를 두꺼운 합판 종이에 써서 구멍을 뚫어 목에 걸고 다니는 이산가족들이 많았다. 말하자면 인간 게시판이었다. 그것을 지나가던 고향 사람들이 보고서 인편에 연락을 해주면 흩어졌던 가족들이 눈물의 상봉을 하곤 했었다.

헤어진 가족들의 소식을 애타게 목이 메어 찾아 헤매던 사람들을 대상으로 돈벌이 하려는 점쟁이들이 영도다리 밑으로 몰려들기도 했다. 답답한 마음에 혹시나 하고 하루에도 몇 번씩 들르고 또 들르던 추억의 영도다리!

이제 그토록 애가 타던 당시의 피난민들은 모두 어디로 갔나.

가슴을 저미는 듯 슬픈 노래를 부르고 또 부르면서 북에서 내려온 월남민. 그들은 오라는 데 없고 반겨줄 이 하나 없는 곳을 이리저리 넋나간 이처럼 헤매고 다녔다. 대구로 마산으로 떠나간다 한들 먹고 살 길은 여전히 막막하기만 했다.

미군부대 뒷구멍으로 흘러나오는 껌, 담배, 초콜릿, 깡통으로 만든 음식들을 받아다가 파는 사람이 많았다. 미군부대에서 일하던 사람들은 부두에서 받아온 밀가루 자루에 일부러 파리를 몇 마리 잡아서 집어넣었다. 미군 상사에게 그걸 보이면 바로 쓰레기통에 버리라고 했다. 이렇게 해서 빼낸 물건들을 파는 곳이 국제시장이었다.

부산항 제3부두에는 일자리도 많았고 먹을 것도 많았다.

부두 노동자들은 미군 수송선에서 하역한 물품 중에서 가장 먼저 통조림과 미군들의 전투식량인 씨레이션을 뜯어서 맛을 보았다. 입 안에서 살살 녹는 환상적인 맛이란 이루 표현할 길이 없었다.

어린 꼬마 녀석들도 미군부대 주변으로 몰려다니며 고작 배워서 한다는 말이,

"기브미 츄잉검!"

"기브미 쵸코레트!"

이런 찌꺼기 영어뿐이었다.

소년들은 주로 다방이 많은 남포동 골목을 다니며 행인이나 다방 손님들에게 물건을 팔았다. 그들의 차림새는 어깨에 끈을 단 판때기를 메고 종일 이곳저곳을 기웃거리며 다니는 초라한 몰골이었다. 거지와 다름없었다.

학교는 또 어떠했던가.

전쟁이 터지자 대부분의 학교 건물은 폭격으로 부서졌다. 부산으로 몰려든 피난민들의 자녀가 마음 편히 다닐 수 있는 학교는 없었다. 그런 와중에도 학교들은 조무래기로 넘쳐났다. 아들딸을 공부시키려는 부모들의 열정은 피난지 부산에서도 마찬가지였다.

언덕 위에 천막을 치고 노천에서 공부를 시키는 천막학교들이 버섯처럼 줄지어 생겨났다.

의자도 책상도 없이 쨍쨍 바늘햇살 내리쬐는 운동장에 앉아 선생님들은 교과서를 가르쳤다. 삼부제와 사부제 수업은 기본이었다. 나중엔 대학들까지 부산과 대구 등지에서 전시연합대학을 열었다. 교수와 학생, 소속대학의 구분이 따로 필요 없었다. 그저 배움 한 가지로 똘똘 뭉치고 구름처럼 몰려들었던 것이다.

국제시장에는 돈 놓고 돈 먹는 야바위꾼들도 썩은 고기에 생겨난

구더기처럼 바글거렸다. 그들은 속임수로 사람들의 눈을 홀렸다. 이처럼 국제시장은 없는 것이 없었을 뿐 아니라, 이것저것 가리지 않고 모조리 모아서 헐값에 팔아치우는 시장이라는 뜻으로 도떼기시장이라고도 불렀다.

부산 남포동과 광복동, 국제시장 도떼기 골목에는 미군 군복에 검은 염색을 해서 만든 옷을 입은 인파로 온종일 득시글거렸다. 먹고 살 길이 막막해서 시장바닥을 헤매던 사람들. 주로 피난민들이었다.

오직 생존을 위해 폐허가 된 거리에 나섰던 사람들.

절박한 삶을 부지해보려고 우르르 몰려나온 곳이 부산에서 이 도떼기시장 말고 달리 어디 있었으리. 이윽고 해가 지고 땅거미가 깔리는 저녁이면 그들은 어깨를 축 늘어뜨리고 집으로 돌아간다. 집이라고? 미군 씨레이션 박스와 깡통과 판잣조각을 잇대어서 얼기설기 두들겨 박은 바라크집, 높은 사람에게 경배하듯 허리를 낫처럼 구부려야 비로소 들어갈 수 있는 집. 그 집이 그래도 따뜻한 보금자리였다.

기왕 이야기가 나왔으니 국제시장 꿀꿀이죽 이야기도 잠시 짚고 넘어가야겠다.

미군부대에서 미군 병사들이 먹고 남은 음식 찌꺼기를 모아와서 한꺼번에 끓여내면 그것이 곧 꿀꿀이죽이었다. 운좋으면 커다란 소시지와 햄, 고깃덩어리가 그대로 들어 있었다.

늘 굶는 끼니가 잦은 터에 보리밥 한 그릇이라도 배불리 먹으면 행복하던 시절, 이 꿀꿀이죽 맛이 주는 묘한 매력과 미국이라는 나라에 대한 동경은 얼마나 가슴을 설레게 했던 것인가.

꿀꿀이죽을 팔아서 온가족이 살아간 피난민들을 나는 안다.

평안도에서 월남해온 호득이네!

그들 가족은 이제 부산에서 커다란 식당을 여러 개 지니고 있는 부자가 되었다. 하지만 꿀꿀이죽에서 부대찌개로 바꾸어가며 손님을 받던 시절의 애환을 그들은 여전히 잊지 않고 있다. 전쟁터에선 많은 병사들이 죽어나가고, 폭격으로 모든 생활 터전이 한꺼번에 파괴되던 시절. 소금물에 주먹밥 한 덩이로 끼니를 때우던 눈물겨운 세월을 어찌 잊을 수 있으리.

당시 사람들은 오직 끈질긴 목숨 하나로 모질게 버티어온 민초들이었다.

생각에 잠기는 기차

날이면 날마다 철둑길만 넘어다니며 하루를 보내는 사람들은 지금도 많다.

내가 철둑 가에서 알게 된 아이 중에 인출이란 이름의 소년이 있다. 철도 위에 커다란 돌을 여러 개 올려놓고 달아나다가 잡혀서 역무원에게 치도곤을 당할 뻔했을 때 내가 녀석을 너그럽게 용서해준 뒤로, 우리는 마치 의형제처럼 다정한 사이가 되었다. 인출이네 집 부근으로 다가가며 기적을 높이 울리면 인출이는 어느 틈에 다람쥐처럼 쪼르르 달려나와 나에게 손을 흔들어준다.

이런 인출이를 만나는 시간이 나는 너무도 즐겁고 항상 마음속으로 기다려진다.

그들 가족이 겪었던 비극도 철도와 무관하지 않았던 것 같다. 내가 언제나 다니던 길이자 일터이기도 한 경부선은 인출이네 가족들

을 가두고 있는 불편한 올가미였다. 철도는 인출이네 가정을 칭칭 묶어두고 있는 질긴 동아줄이었다. 아무리 애를 써도 철도 주변을 결코 떠나지 못하는 그들 가족에게 있어서 경부선 철도는 완전히 유폐된 귀양살이의 공간이었다.

경부선은 그들 가족에게 외부세계와의 연결을 철저히 차단해온 우울한 빛깔의 그물이었다. 인출이 어머니가 세상을 떠나던 그 순간부터, 아니 독립운동가였던 인출이 조부님이 형무소에서 왜놈들한테 고문을 당하고 돌아가시던 시절부터 이미 음습하고 칙칙한 빛깔의 그물은 덮씌워졌을 것이다. 혹은 그보다 훨씬 전 경부선이 일본인에 의해 강제 부설되던 그때부터 한국인 모두는 어떤 불길하고 흉물스러운 동아줄에 의해 전신을 구속당해왔는지도 모른다.

나 자신도 많은 사람들이 나에게 보내는 이런 곱지 않은 시선을 잘 알고 있다. 철도란 것이 맨 처음에는 오로지 일본인의 편리와 이익을 위해 부설되었던 것이 아닌가. 나이 스물이 넘도록 이 불편한 밧줄은 내 전신을 뱀처럼 칭칭 휘감아왔다. 나는 그 촘촘한 그물 밖으로 단 한 번도 빠져나가질 못했다. 그리고 이 칙칙한 커튼의 바깥세계로 과감하게 달려나가기를 주저했다. 나는 자신을 포함하여 우리집, 심지어는 우리나라의 모든 것이 남보다 못하다고 생각했다. 때로는 외국으로 이민을 떠나는 사람들이 부럽게만 느껴졌다.

해방 이후로 그 아무것도 자랑할 만한 것이 나에게는 없었다.

나는 늘 남 앞에서 위축되었고, 모든 일에서 머뭇거리고 주춤거렸다. 어떤 경우에도 나를 당당하게 드러내지 못했다. 누가 내 이름만 갑자기 불러도 움찔 놀라고 두려워했다. 오직 볼품없이 쪼그라드는

자신만이 있을 뿐이었다. 나를 둘러싸고 있는 그물 밖의 밝고 당당한 외부세계는 내가 그물 자락을 조심스럽게 들치고 바깥으로 나오려는 것을 언제나 단호하게 거부했다.

내가 높이 울리는 기적소리는 사실상 내 가슴속의 슬픔을 토해내는 피울음이었던 것이다. 그런데도 이를 제대로 눈치채는 사람들을 그 동안 거의 만나지 못했다.

겨울이 가고 봄이 왔다.

삼각형 비닐 속에 들어 있는 주황색 단물이 학교 앞 문방구 앞에 나올 때쯤이면 대개 봄이 무르익었다. 아이들은 삼각형 오렌지주스를 사서 작은 바늘구멍을 내고는 물총 싸움을 하듯 서로의 얼굴에 뿌려댔다. 문방구 앞은 국자에 담은 설탕을 연탄불에 녹여서 틀에 부어 만든 '또 뽑기'에 정신이 팔린 아이들도 많았다. 철사를 구부려 만든 그 틀은 닭의 모양도 있었고 물고기 모양도 있었다. 바늘을 들고 조심조심 숨을 죽이며 설탕과자의 귀퉁이를 조금씩 떼어내어 닭과 물고기 모양을 만들어가는 시간은 즐거웠다. 하지만 닭의 목이나 물고기의 꼬리처럼 가느다란 부분에서 대개 부러져 실패로 끝이 났다.

거리를 걷는 사람들은 나른한 얼굴을 하고, 전매료의 지붕들도 따가운 봄볕에 달아올라 아른아른한 아지랑이를 피워올렸다. 전매료란 담배 만드는 전매청의 직원 가족들이 들어사는 집이다. 일본사람들이 지은 이층집인데, 몹시 낡아서 난민들의 합숙소 같았다.

성급한 사람들은 벌써 진달래 가지를 꺾어들고 뽐을 내며 다녔다.

진달래를 한 아름 꺾어들고 완행열차에 오르는 처녀들은 꽃더미에 가려 얼굴이 보이지 않았다. 어떤 아이들은 진달래 꽃잎을 우적우적 씹어대며 쓴맛에 얼굴을 찡그렸다. 이처럼 흘러간 추억 속에서 진달래는 얼마나 눈물겨운 꽃이었던 것인가.

진달래를 사람들은 보통 참꽃이라 불렀다.

해마다 봄이 되면 우리나라의 산과 들에는 진달래가 만발해서 산이 온통 불그레하다. 이럴 때는 사람들의 마음도 달아오른다. 특히 처녀들의 얼굴은 더욱 진달랫빛으로 홍조가 만발해서 발그레한 모습이 더욱 어여뻐진다. 옛적부터 시골에서는 처녀들의 이런 얼굴을 가리켜

'저년 저년 진달래 꽃잎에 귀때기 덴 년!'

이라는 말로 놀려댔다. 그런데 이런 놀림은 참 아름다운 내력을 갖고 있다.

떠돌이 총각이 장가도 못 가고 죽게 되면 마을 사람들은 동네 주변 언덕에 허술한 무덤을 만들어서 장례를 지내주었다. 마을 처녀들은 깊은 밤이나 이른 새벽에 진달래꽃을 한 무더기씩 꺾어다 쓸쓸하게 죽은 총각귀신에게 남몰래 바쳤다. 그래야만 총각귀신이 처녀들에게 해코지를 하지 않고 아무 탈 없이 시집을 갈 수 있도록 도와주었다고 한다. 만약 꽃을 바치지 않으면 총각귀신의 해코지를 반드시 받고야 만다는 전설이 있어서 평소 찾는 이 없이 버려진 총각 무덤 앞은 해마다 봄 한철 마을 처녀들이 갖다바친 진달래꽃으로 장식되었다. 이런 풍습은 참 아름답지 않은가.

또 이런 이야기도 있다.

산에 나무하러 간 떠꺼머리 총각이 진달래꽃을 한 아름 꺾어서 지게의 나뭇짐 사이에 꽂고 마을로 설렁설렁 내려온다. 마을 입구의 우물터 옆을 지날 때 짓궂은 마을 아낙네 하나가 총각 뒤를 살금살금 깨금발로 다가가 총각의 바지춤을 아래로 확 내려버린다. 갑자기 봉변을 당한 총각은 바지를 끌어올리려고 기어이 나뭇짐을 내리지 않으면 안 되었다. 하지만 총각은 조금도 화를 내지 않고 오히려 싱글벙글 웃는 표정으로 주변을 둘러본다. 마을 처녀들은 모두들 "어머나!" 하고 소리치며 달아난다. 이것은 총각이 장가들기에 아무런 결함이 없다는 것을 주민 모두에게 알리는 하나의 통과 절차였다. 나무꾼 총각이 지게 위에 진달래를 꺾어서 꽂을 때엔 이런 일을 미리 염두에 두고 있었던 것이다.

가장 서글픈 것은 아무리 진달래꽃을 지게 위에 꽂아서 와도 어느 아낙네 하나 그를 거들떠보지 않는 경우다. 이미 마을 주민들의 평판에서 그 총각은 따돌림 당하고 있음을 말해준다.

진달래꽃을 들고 다니는 사람들이 하나 둘 늘어날 때면 전매료의 아이들도 몸과 마음이 한껏 달아올랐다. 진달래를 꺾으러 먼 산으로 출동하고 싶은 생각에 밤에도 잠을 이루지 못했다. 이러한 때 자석식 라디오에서는 〈진달래 시첩〉이란 노래가 들려오곤 했다.

이난영이라는 여자 가수가 부르는, 애교스러운 느낌이 들면서 약간 코맹맹이 소리가 나는 귀여운 노래였다.

진달래 바람에 봄 치마 휘날리더라
저 고개 넘어간 파랑마차

소식을 싣고서 언제 오나
그날이 그리워 오늘도 길을 걸어
노래를 부르나니 노래를 불러
앉아도 새가 울고 서도 새 울어
맹세를 두고 간 봄날의 길은 멀다

이런 노래가 들려오는 오후는 항상 나른해지면서 허기가 몰려왔다.

기어이 참지 못하고 어느 날 서너 명의 아이들만 모이면 곧 결행으로 들어가게 된다. 마침내 아이들은 눈짓으로 모여서 가족들에게 전혀 행방을 알리지 않고 몰래 전매료를 빠져나와 북쪽으로 떠나갔다. 길고 꼬불꼬불한 골목은 어찌 그리도 많던가.

기온이 차츰 올라가니 골목의 대문 입구 곁으로 나 있던 화장실의 인분수거 구멍에서 풍겨나는 퀴퀴한 냄새가 골목을 가득 채우기 시작했다. 봄비가 하루가 멀다 하고 질금질금 자주 내려서 골목들마다 진창이 많았다. 태평로에서 달성동을 거쳐 원대동으로 이어지는 그 미로처럼 길고 지루한 골목을 모두 빠져나가면 도도히 흐르는 금호강이 나타났다. 그리고 강 건너편으로 노곡동과 조야동 마을이 보였다. 금호강 둑에는 군데군데 떡버들 우거진 숲이 보였고, 그 오른편으로는 무태 쪽 벌판이 한눈에 들어왔다.

이 무태란 곳은 널따란 모래밭이다.

금호강이 오랜 세월 동안 흘러온 과정에서 물길이 휘어도는 곳에 저절로 휩쓸려온 모래들이 쌓이고 쌓여 생겨난 광대한 모래사장이

다. 대구의 초등학교 학생들은 이곳으로 소풍을 많이 왔다. 고운 모래밭에서 씨름과 곰배팔이도 하고, 보물찾기도 하면서 하루를 신나게 뛰놀다 가곤 했다. 1950년대의 소풍날은 한바탕 집안 잔칫날과도 같다.

가족들이 함께 따라가는 것은 물론 아이들의 잔돈을 거두기 위해 등에 무거운 요지경을 들고 따라가는 장사치들도 있었다. 그들이 직접 제작한 요지경은 나무상자를 쌀 뒤주만큼 커다랗게 짜서 속을 들여다볼 수 있는 여러 개의 구멍을 뚫어 깡통으로 끼워놓은 것이다. 통 속에는 옛날이야기나 동화 줄거리를 내용으로 하는 그림이 종이에 길게 그려져 있었다. 요지경 주인이 손잡이를 빙빙 돌리며 변사처럼 구성지게 이야기를 해설하면 아이들은 요지경 속의 또다른 세계를 구경하느라 넋이 나갔다. 소풍날 아침에 부모님께 받아온 용돈은 고스란히 요지경 주인의 호주머니로 들어갔다.

어머니가 정성스럽게 싸주신 김밥 도시락을 펴놓고 먹노라면 어디서 나타났는지 아기 업은 아낙네와 입성이 남루한 할머니들이 나타나서 김밥을 좀 달라며 구걸하고 다녔다. 그들은 지금 모두들 어디 가서 어떤 모습으로 바뀌었을까?

집집마다 방앗간에서 떡가래를 뽑느라 몹시 분주했던 설 대목이었다. 한 거지 아이가 길바닥 얼음판 위에 쓰러져 줄곧 무엇인가를 토하고 있었다. 음식 탈이 단단히 난 게 분명했다. 총총히 오고가는 행인들은 모두들 거지를 외면하고 지나갔다. 방앗간에서 돌아오는 길에 인출이는 길 위에서 거적때기 한 장만 달랑 덮은 작은 시체 하나를 보았다. 모두들 잔뜩 눈살을 찌푸리며 침을 뱉고 지나갔다.

아무튼 진달래를 꺾으러 간 아이들은 이미 집으로부터 멀리 떠나온 긴장감을 억누르지 못했다. 모두들 다소 겁을 먹은 표정으로 말을 잃었다. 조용조용하게 노곡동 마을 옆을 휘돌아서 산언덕으로 올라갔다.

지난해에도 와본 기억이 있는 창범이가 앞장서서 길잡이를 했다.

창범이는 조금도 머뭇거리지 않고 거침없이 언덕길을 올라갔다. 얼마나 갔을까? 산길은 점점 오솔길로 바뀌고, 나무숲도 빽빽이 우거져 하늘이 보이질 않았다. 솔가비가 떨어져 쌓인 산길은 담요를 깔아놓은 듯 폭신폭신하였다.

그 골짜기의 끝에 다다르니 한 낡은 건물이 보였다. 지붕의 한쪽 귀퉁이는 떨어지고, 대청마루는 천장에서 서까래 틈에서 떨어져내린 흙더미로 덮여 있었다. 그 어수선한 분위기 속에 벽에는 붉은 옷을 입은 노인 그림이 있었는데, 자세히 보니 호랑이 등에 타고 앉은 산신령이었다. 원래 무당의 집이었던 이 건물이 오래도록 돌보는 이 없는 빈집인 채로 버려져 있다가 비바람에 무너져가는 중이었던 것이다. 금방 귀신이라도 나올 것 같은 무서움에 머리끝이 오싹해지는 것 같았다.

그 으스스한 집의 마당 뒤쪽 모퉁이를 돌 때였다. 무엇인가 발끝에 툭 하고 걸려서 인출이는 쓰러질 뻔했다. 한순간 머리가 쭈뼛해지면서 흘깃 발 앞의 물체를 보았는데, 죽은 지 얼마 되지 않은 산짐승의 시체였다. 벌써 몸뚱이의 절반은 썩어서 하얀 늑골이 드러나 있고, 아직 부패가 진행되는 곳에는 하얀 구더기가 바글거리고 있었다.

인출이는 너무도 무서운 나머지 자기도 모르게 소스라쳐 고함을 질렀다.

"우와, 이게 뭐야!"

폐가 안에서 잔뜩 움츠려 있던 아이들은 일제히 소리쳤다.

"귀신이닷!"

누가 먼저랄 것도 없이 올라온 길을 후닥닥 뒤돌아 달리기 시작했다. 엄청난 속도였다. 귓전에 바람이 스쳐 지나가는 소리가 쌩쌩 들렸지만 금방이라도 폐가 속의 귀신이 뒤따라와 목덜미를 잡아챌 것 같았다. 정신없이 달리고 또 달렸다.

금호강 둑까지 달려와서 그제야 숨을 몰아쉬며 모두들 풀밭에 주저앉았다. 뒤처진 녀석들은 하나도 없었다. 그러나 왠지 말이 없었다.

얼굴은 온통 땀과 먼지투성이였다. 일행 중의 대장격인 창범이가 먼저 강가 자갈밭에 옷을 벗어놓고 금호강으로 뛰어들었다. 아이들도 곧 창범이 옷 옆에 자기 옷을 벗어놓고 첨벙첨벙 물 속으로 들어갔다. 물살은 바깥에서 바라볼 때보다 훨씬 빠른 속도로 흘러갔다. 폐가에서 잔뜩 놀라 달아오른 작은 가슴들이 차고 서늘한 물 속에서 차츰 식혀졌다. 언제 놀라움을 겪었던가 하는 표정으로 아이들은 깔깔거리고 재잘거리며 물놀이에 정신이 팔렸다.

대체 얼마나 놀았을까?

인출이는 물 속에 자맥질도 하고, 조금 깊은 곳으로 헤엄쳐갔다가 다시 되돌아오기도 하면서 혼자 물놀이에 여념이 없었다. 이렇게 한참을 놀고 있는데 문득 주변이 너무도 조용하다는 느낌이 들었다. 흐르는 물소리만 크게 들렸다. 사방을 둘러보니 함께 놀던 아이들이 아무도 보이지 않았다. 모두들 어디로 사라졌는가? 이름을 불러봐도 대답이 없었다. 강가에 나와서 확인해보니 아이들이 옷을 벗어놓았던 자리에 옷이 없다. 인출이 옷도 어디로 갔는지 안 보인다. 더럭 걱정부터 앞섰다.

'녀석들이 틀림없이 나를 따돌리고 먼저 달아난 것이야!'

'내 옷까지 몰래 훔쳐서……'

너무 야속하고 분한 마음이 들었다. 그런데 이 일을 대체 어떻게 해야 할까?

알몸을 가릴 옷도 하나 없이 어떻게 집까지 갈 수 있단 말인가?

인출이는 물가를 이리저리 뛰어다니며 혹시라도 몸을 가릴 만한 것이 없을까 두리번거리며 찾아다녔다. 그런데 풀숲 사이에서 낯익은 것이 눈에 띄었다. 자신의 옷이었다. 반가움에 달려가보니 난닝구(러닝셔츠)였다. 인출이가 너무도 물놀이에 열중하자 함께 놀던 아이들이 자기들끼리 몰래 쑤군쑤군하다가 인출이 옷을 훔쳐 먼저 달아난 것이었다. 그중 한 녀석이 윗옷 하나라도 입을 수 있도록 사정을 보아주자고 제의하는 바람에 난닝구를 풀숲에 슬쩍 떨어뜨리고 간 것이 그나마 큰 다행이었다. 그것마저 없었다면 인출이는 과연 어떻게 집으로 돌아올 수 있었을 것인가.

인출이는 난닝구 자락을 한껏 아래로 당겨내려서 아랫도리를 가려보았다. 다소 길이가 짧았지만 그런대로 부끄러운 곳은 대충 가릴 수 있었다.

그로부터 얼마 후, 참으로 이상한 차림을 한 인출이가 고개를 푹 숙이고 원대동과 달성동을 거쳐 태평로로 이어지는 골목길을 빠른 걸음으로 걸어가고 있었다. 제법 커다란 인출이가 난닝구만 입고 어디를 저리도 바쁘게 가는 것일까. 행인들은 잔뜩 웃음을 머금고 그 행색을 바라보았다.

인출이는 그날 오후 집에 돌아와 아버지로부터 호된 매를 맞았다.

종이우산의 대나무 손잡이로 매를 만들어놓고 단단히 벼르던 인출이 아버지는 아들을 보자마자 회초리로 등줄기를 후려쳤다.

"이눔이 대관절 무엇이 되려고……"

"앞으로도 어디 실컷 네 멋대로 놀아보아라. 양아치, 건달에 거지가 되고 싶어 안달이 난 게지!"

인출이는 엉엉 소리내어 울었다. 뜨거운 눈물이 난닝구 위에 뚝뚝 떨어졌다. 매맞은 자리는 등에 붉은 대나무 자국을 남겼다. 아버지는 아들을 때린 회초리를 두 동강으로 툭 부러뜨리곤 꽃밭 봉숭아 옆으로 홱 집어던졌다. 그 서슬에 어린 봉숭아 한 포기가 정신을 잃고 쓰러졌다가 한참 만에 몸을 툭툭 털고 일어났다.

손등으로 눈물을 훔치던 기차

인출이네 집에 새어머니가 들어온 것은 그해 늦가을이었다.

며칠 전부터 인출이네 집에서는 집으로 여러 차례 찾아왔던 중매쟁이 노파와 아버지 사이에 어떤 긴밀한 이야기가 무르익고 있었다. 이번에는 인출이 아버지도 지난번 일이 자꾸 마음에 걸리셨던지 무언가를 새삼 확인하고 다짐을 받으려는 눈치였다. 그 다짐이란 새로 들어올 여인이 아기를 전혀 가질 수 없는 불임 여성이 분명한가의 여부, 그리고 아직도 어린 자신의 자녀들을 아무쪼록 잘 돌보아달라는 부탁이었다.

학교 운동장의 노랗게 물든 은행나무 잎이 바람 끝에 우수수 떨어져내리던 어느 날이었다. 인출이가 학교에서 돌아와보니 낯선 사람들이 서넛 방 안에 둘러앉아 있었다. 그들 가운데 새엄마란 사람이 있었다.

여인의 얼굴엔 어딘지 모르게 차디찬 기운이 감돌았다.

무표정하게 앉아 있는 그녀의 얼굴은 밝고 쾌활한 세계가 자신을 뚫고 들어오는 것을 결코 허용하지 못하는 듯한 초조함이 느껴졌다. 또 그녀의 시선에는 늘 주변을 경계하는 폐쇄적 두리번거림이 들어 있었다. 인출이는 첫번째 계모였던 아편쟁이 여자와의 악몽을 떠올리며 더럭 겁부터 났다.

설마 지난번과는 다를 테지?

아냐! 이번만은 달라야 해!

인출이 마음속은 실타래의 실을 실꾸리에 감다가 서로 뒤엉켜 마구 뒤죽박죽이 되어버린 것처럼 또다시 혼란해지기 시작했다.

계모는 인출이네 집으로 옮겨온 다음날부터 잠자코 빨래를 시작했다. 그러곤 무표정하게 비를 들어 방을 쓸었다. 부엌에서는 묵묵히 도마질을 했고, 하루 일과를 다 끝내면 다시 방 안에 앉아 조용히 뜨개질을 하였다.

해방될 때까지 일본에서 살았고, 어떤 불량기 많은 건달과 동거생활도 했다고 한다. 건달이 원하는 아이를 낳지 못해 쫓겨났다고 누군가가 슬쩍 전해준 말을 기억한다. 그런 어두운 과거가 있어서 그런지 그녀는 정말 얼굴에 웃음을 담는 법이 없었고, 또 말이 없었다.

계모의 얼굴에 가느다란 미소가 한 줄기 슬쩍 지나가는 것을 딱 한 번 본 적이 있다. 그녀가 인출이네 집으로 들어온 지 석 달이 지난 어느 날이었다.

인출이는 입에서 쉽게 나오지 않아 더듬더듬 기어들어가는 목소리로,

"엄……마……"

라는 단어를 처음으로 불러보았다.

이 간단한 말이 왜 그렇게도 어색하고 내뱉기 힘든 것이었을까?

이때 계모의 입가에는 예의 그 싸늘한 미소가 설핏 지나가는 듯하였다.

새로 계모를 맞이하고서도 인출이네 가족은 여전히 거처가 안정되지 못하였다. 마침내 도시로 떠나와서 줄곧 살았던 전매청 부근을 떠나게 되었다. 새로 옮겨간 곳은 소방서 망루가 높다랗게 서 있던 종로초등학교 옆 담장을 끼고 들어가는 골목 안 전셋집이었다.

이 집 주위는 골목이 무척 길고 깊었다.

마치 미로처럼 꼬불꼬불한 골목길을 굽이 돌아 한참을 걸어들어가면 제법 마당이 넓은 한 채의 오래된 한옥이 있었다. 오래된 한옥이라고 해보았자 재목도 별반 실하지 못한 도시 하층민의 주택이 무슨 볼품 있을 것인가.

아래채의 지붕을 떠받치고 있는 기둥은 이미 군데군데 썩고 있었다. 기와의 무게를 이기지 못하고 건물 전체가 한쪽으로 기우뚱하게 찌그러져가고 있는 중이었다. 집주인은 임시방편으로 굵은 통나무를 서너 개 옮겨와서 건물의 몇 군데를 받쳐 우선 위험한 붕괴는 막아놓았다. 그러나 언제 쓰러질지 모르는, 아슬아슬하고도 을씨년스런 집이었다.

이런 건물이 마당에 있음에도 불구하고 아쉬운 대로 우물가에 빈약한 그늘을 드리우는 여윈 감나무가 한 그루 있고, 칼데라 형으로 속이 깊이 파인 커다란 무쇠 솥에 장작불을 지펴서 물을 데우는 일본식 목욕탕까지 있었다.

탕의 자욱한 연기 속에서 인출이는 아버지의 등을 처음으로 밀어드렸다.

꽤 우람한 체격인 줄로만 알았던 아버지의 등이 뜻밖에도 등뼈가 앙상하게 튀어나오고 커다란 흉터까지 있는 것을 보고 인출이는 깜짝 놀랐다. 인출이는 그 흉터 부분을 차마 수건으로 밀어낼 자신이 없었다. 아들이 주저하는 기색을 보이자 그제야 아버지는 그 흉터가 일본의 어느 발전소에서 일하다가 당한 사고의 흔적이라고 일러주었다.

나중에 알게 된 사실이지만, 인출이네 아버지는 발전소의 철조망을 뛰어넘어 탈출하다가 붙잡혀가서 왜놈들에게 각목으로 피투성이가 되도록 맞았다고 한다. 말이 발전소였지 그곳은 일본군의 비밀 군사기지였던 것이다. 끌려온 한국인 노무자들은 '조센징' '요보상'이란 업신여김 속에 그야말로 개돼지 취급을 받았다. 학대와 유린을 못 견디고 일본 땅에 한 많은 뼈를 묻은 사람의 수는 이루 헤아릴 수 없었다.

생각할수록 분하고 이가 갈리는 일이었다.

무슨 갚지 못한 업보가 남아 있어서 한국은 섬나라 일본에게 그렇게도 모질게 당해야만 했던가. 인출이는 상상 속에서 몽둥이로 아버지를 마구 때리던 왜놈들의 핏발 선 눈을 보았다. 저놈들에게 과연 어떻게 복수를 해줄 수 있을까?

서내동 집 앞마당에는 허름한 창고가 하나 있었다.

평소 잡동사니를 넣어두던 그곳이 어느 날 갑자기 말끔히 치워지고, 목수가 와서 뚝딱뚝딱 요란한 소리를 내면서 내부를 개조하는 것 같았다. 공사가 끝나자 낯선 남녀들이 무리지어 그곳을 수시로 출입하였다. 집주인은 인출이네의 동의도 얻지 않고 그 빈 창고를 이른바 비밀 댄스홀을 하겠다는 사람에게 일방적으로 세를 주어버린 모양이었다.

그때는 서양 춤을 배우려는 사람이 많았다. 그러나 관청에서 정식으로 허가를 내어주지 않았기 때문에, 동네의 후미진 구석으로 숨어들어 이런 영업을 은밀하게 하는 경우가 더러 있었다.

그런데 그게 하필 인출이네 집 창고였던 것이다.

대문에서부터 창고의 입구까지 판자로 가리개를 쳐서 막았지만 나무를 아끼느라 어른 키로 허리 윗부분만 널판자를 대었으므로 드나드는 사람들의 무릎 아랫부분은 그대로 드러나 보였다.

"오늘은 남자가 일곱! 여자가 열하나!"

인출이는 우물가에 쪼그리고 앉아서 출입자의 다리 수를 세었다.

대개 종종걸음으로 다니는 그들은 주로 여자들이었고, 때로는 장바구니를 창고의 문 앞에 그대로 팽개쳐두고 들어간 여인들까지 있었다. 모두 상체는 못 보고 발목과 구두만 볼 수 있었다. 어쩌다 빠끔히 열린 문으로는 붉고 푸른 전등 불빛이 끔뻑끔뻑하는데, 대개 얼굴은 보이지 않고 서양 춤을 추는 남녀의 뒤엉킨 종아리들만 현란한 불빛 속에서 빙글빙글 돌아가고 있었다.

아! 그런데 놀라워라!

하루는 인출이가 성대네 집 축음기에서 자주 듣던 노래가 흘러나오는 것이 아닌가?

> 똑같은 정거장이요 똑같은 철길인데
> 시름길 웃음길이 어이한 한 길이냐
> 인생이 철길이냐 철길이 인생이냐
> 고달픈 인생선에 달이 뜬다 해가 뜬다

이 노래의 제목이 '인생선'이란 것과, 남인수란 가수가 불렀다는 사실을 안 것은 훨씬 뒤의 일이다. 경부선 철도 주변의 슬프고 서러운 정경을 이렇게도 잘 담아낸 노래가 어디 있을까. 어쩌다 이 노래가 라디오에서 들려오면 괜히 콧날이 찡해오고, 기적소리가 환청으로 들리며, 눈에선 눈물이 핑 돌 것만 같다.

어딘지 모르게 처량한 느낌을 자아내는 아코디언과 애조를 띤 기타가 적절하게 하모니를 이룬 이 노래의 반주가 특히 좋았다. 그리고 무엇보다도 슬픈 기적소리와 파란 역등이 안개 속에서 깜빡거리고 서 있던 철도 연변의 설레는 정서를 물씬물씬 자아내는 가수의 목소리, 카랑카랑하면서도 습기가 느껴지던 그 목소리가 인출이에겐 그렇게도 듣기 좋았다.

적어도 그 노래를 들을 때만큼은 가슴속의 슬픔, 서러움 따위의 찌꺼기들이 이상하게도 마치 입 안에서 얼음과자가 녹아 없어지듯이 말끔히 사라져버리는 것이었다.

이렇듯 인출이는 초등학교 시절부터 유행가를 듣고 거기에 흠뻑 빠져들 만큼 조숙한 아이였다. 허리를 구부려 그 비밀 댄스홀의 열린 틈을 혼자 몰래 엿보는 것.

그것은 오직 인출이만의 자랑거리이며, 그만이 누릴 수 있는 호젓한 특권이었다.

그날도 인출이는 나무 가리개 밑으로 댄스홀 출입자의 다리 수를 세고 있었다.

"오늘은 남자가 일곱! 여자가 아홉!"

바로 그때였다.

인출이 등에 돌연 뜨거운 불덩이가 화끈 떨어지는 듯한 충격이 느껴졌다.

그날따라 일찍 퇴근하신 아버지가 아들의 이 모습을 보고 분노한 얼굴로 등판을 힘껏 후려친 것이었다.

"이 못된 녀석! 앞으로 무엇이 되려고……!"

아버지의 목소리는 노여움을 다스리지 못한 채 부들부들 떨렸다.

결국 아버지는 아직 미혼의 딸자식들과 철부지 막내에게 이 집이 전혀 도움이 안 된다고 판단했다. 그래서 한 해를 겨우 살고 서둘러 다른 곳으로 거처를 옮기었다.

하지만 인출이는 그때 허리를 구부리고 귀 기울여 듣던 그 묘한 축음기 음색의 여운을 이때껏 잊지 못한다. 그로부터 인출이는 오래도록 축음기와 만나지 못했다.

마당이 넓고 깊었던 서내동 집에 살 때 겪었던 잊을 수 없는 기억이 또하나 있다.

그것은 어느 비 오는 날의 일이었다.

동네 주변 조무래기들은 그날 큰길 모퉁이의 쌀집으로 모였다. 쌀집 주인 내외가 시골 다녀오느라 마침 집을 비우는 바람에 가게 문은 닫은 상태였다. 한낮인데도 바깥은 비가 주룩주룩 내려서 희끄무레한 광선이 겨우 문틈으로 비집고 들어오는 쌀집 안은 밤중처럼 어두웠다. 모인 아이들 중 나이가 가장 많은 녀석이 남자아이와 여자아이를 하나씩 짝지어놓았다. 오늘 놀이는 아빠와 엄마처럼 아이들이 부부가 되어서 가족들의 하루 일과를 그대로 흉내내는 소꿉놀이였다.

밥 짓기, 직장 다녀오기, 병원 가기, 주사 맞기 등등을 거쳐서 드디어 밤에 한 이부자리에서 잠자는 시늉까지 진행이 되었다. 아이들은 모두 자기 파트너와 함께 알몸으로 이부자리에 누웠다. 인출이는 가슴이 두근거렸다. 인출이의 짝이 된 여자아이는 눈을 꼭 감은 채 얼어붙은 듯 누워 있었다. 여기저기서 아이들의 가쁜 숨소리가 들렸다.

그때 한 여자아이가 어색하고 두려운 분위기를 참지 못하고 울면서 밖으로 뛰어나갔다. 이 바람에 야릇한 긴장으로 가득했던 판은 모두 깨져버렸다. 물론 부부놀이도 싱겁게 끝이 나고 말았다. 인출이는 마음이 무척 허전했고, 빨리 어른이 되고 싶었다. 어른이 되어 가족들을 거느리고 당당하게 살아가고 싶었다.

그런데 내 키는 언제나 어른처럼 우뚝하게 클까? 나도 과연 아버지가 될 수 있을까?

인출이는 공연히 마음이 허전해져서 비 오는 골목을 우산도 쓰지 않고 쫄딱 비를 맞으며 길 잃은 작은 짐승처럼 이리저리 쏘다녔다.

인출이네 가족이 다시 옮겨간 곳은 철둑길 건너 태평로 쪽이었다.

마치 운명처럼 아버지는 여전히 경부선 주변에서 맴돌다시피 하셨다. 왜 그럴까?

철도는 끈적끈적한 흡판과 유인장치를 갖고 있는 파리지옥이나 끈끈이주걱처럼 인출이네 가족들에게 운명적으로 달라붙어, 그들이 멀리 떠나지 못하도록 내내 발목을 잡고 있는 것이었다. 한번 이 철도의 포로가 되면 다시는 그 주변을 헤어나기 어렵게 된다.

마당엔 제법 고목이 되어가는 감나무가 있었다.

사방으로 뻗은 가지를 칭칭 감아서 시렁 위에 얹어놓은 포도나무가 한 그루씩 있고, 대문 옆에는 벽오동도 있는 제법 괜찮아 보이는 집이었다. 이 벽오동나무에 창백한 가을달이 걸리면, 인출이는 계모

에게 모진 꾸중을 듣고 마당으로 뛰어나와 눈물이 그렁그렁한 얼굴로 나무에 걸린 달을 보았다.

인출이는 달을 올려다보며 목이 메어서 중얼거렸다.

'어머니! 왜 저만 혼자 남겨두고 야속히 떠나셨어요? 네?'

달은 한마디 대꾸도 없이 묵묵하게 인출이를 내려다보다가 바람에 떠밀려온 검은 구름에 맑고도 청명한 얼굴을 스르르 가려버리는 것이었다.

대문을 열고 골목으로 나서면 스무 걸음이 채 안 되어서 경부선 열차가 수시로 지나가는 높다란 철둑이 눈앞을 가로막았다. 그 철둑가에는 유별나게 악동들이 많았다. 마치 바닷가 바위틈에 작은 게들이 오글오글 모여서 저희들끼리 놀고 있는 것처럼……

아이들 떠드는 소리는 온종일 끊이지 않고 들렸다.

그 시절 경부선 철도 연변은 아이들의 낙원이었다.

심심할 때면 집 안을 구석구석 뒤져서 긴 대못을 여러 개 구해 꽁무니에 감추고 철길로 올라갔다. 슬금슬금 주위의 눈치를 보면서 철길 위에 여러 개의 대못을 가지런히 올려놓으면 인출이가 기다리는 기차가 왔다. 열차가 지나간 다음 쏜살같이 달려가보면 대못은 무거운 기차 바퀴에 납작하게 눌려서 전혀 다른 모습으로 탈바꿈해 있었다. 그것은 아주 깨끗하고 신비스러운 은빛 광채를 반짝반짝 내뿜는 날카로운 도구였다.

인출이는 그것을 다시 숫돌에 갈아서 날을 세우고 손잡이에는 굵은 실이나 붕대를 감아 완전한 모양의 단도를 만들었다. 그 단도를 품속에 몰래 지니고 다니면 세상에 겁날 것이 없었다. 괜히 우쭐해

져서 길 가는 사람들을 사나운 눈빛으로 노려보곤 했다. 이런 행동은 꼭 인출이뿐만 아니라 당시 대다수의 아이들이 흔히 버릇처럼 하던 것이었다.

그러다가 심심해지면 인출이는 판자 울타리에 석필로 표적을 그려 놓고, 멀리서 단도를 던져 누가 더 잘 꽂는지 아이들과 시합을 했다.

이윽고 기나긴 겨울이 가고 흙먼지가 불어대는 봄이 왔다.

동네 아이들은 겨우내 집 안에만 틀어박혀 있다가 긴긴 봄날 해가 저물도록 골목에서 떠들며 놀았다. 구슬치기, 딱지치기, 연날리기, 팽이치기, 숨바꼭질, 가이생놀이, 의병놀이, 맛대치기(자치기), 비석차기, 말타기, 소타기……

이런 놀이들로 하루해가 다 갔다. 동네 골목과 철둑 위는 동네 조무래기들의 소굴이자 아지트였다. 지금도 눈을 감으면 저무는 노을을 배경으로 조무래기들 떠드는 소리가 골목에서 들린다.

기차가 달려가는 곳

경북 왜관은 인출이네 외가가 있는 곳이다.

왜정 말기 일본이 중국에 침략전쟁을 걸었을 때 식민지 조선 땅에서도 집집마다 한두 사람씩 호출되어 왜관역으로 불려나갔다고 한다. 이곳은 전쟁터로 떠나던 일본군 병사들을 전송하던 장소였다. 그때는 일장기의 물결이 파도처럼 넘실거렸으리라.

얼마나 많은 동포들이 눈물을 글썽거리며 비분강개한 심정으로 이 경부선 길을 지나갔을 것인가. 이 철도를 한 번 지나가고서는 두 번 다시 못 돌아오고, 기어이 한 맺힌 백골을 타국 땅에 묻어버린 사람들은 또 얼마나 많았으리. 그런 생각들을 하노라면 경부선은 그야말로 민족 수난사의 살아 있는 현장으로 한국인들에게 되돌아왔다.

그 철도는 이제 아무런 말이 없이 다만 자동차바퀴에 치여 죽은

한 마리의 고요한 살모사처럼 먼지 낀 철둑 위에 길고 거무스름하게 놓여 있다. 하지만 사람들은 열차가 지나갈 때마다 그 덜커덩거림 속에서 눈물도 곡절도 많았던 흘러간 시간의 생생한 소리를 듣는다.

안개가 자욱이 끼어 있는 여름 아침.

철도는 안개에 덮여 아무것도 보이지 않았다. 안개 속에서 혼곤하게 기적이 울었다.

인출이는 동네 아이들과 나란히 경부선 철도 위에 귀를 대고 무슨 소리가 나는지 듣고 있었다. 기차가 수시로 오고가는 철로 위에서 아이들의 그런 놀이는 사실상 대단히 위험한 짓이었다. 아무 소리도 들리지 않으면 다시 돌을 집어들고 툭툭 두들겨보기도 했다. 마치 논두렁에 죽어 있는 살모사를 툭툭 쳐서 어떤 반응이 되돌아오기를 기다리는 것처럼.

과연 그 살모사는 죽어서도 이상한 신호음을 끊임없이 발신해오고 있었다.

이상한 신호음은 세상을 떠난 어머니의 넋이 떠나가 있는 머나먼 저승 저편의 세계로부터 짙은 안개를 뚫고 들려주는 소리였다.

차디찬 철도에 귀를 대고 눈을 감으면 어딘지 모르게 낮고 무겁고 싸늘하게 전달되어오는 기묘한 공명음. 그것은 철도의 저 끝에 무한히 이어져 있을 어느 알 수 없는 우주의 블랙홀에서 들려오는 소리인 것 같았다.

그곳은 분명 현실의 슬픔이나 서러움, 눈물과 괴로움 따위를 전혀 느끼지 못하는 완전한 삼차원의 세계일 것이었다. 기적소리를 요란히 내며 열차가 가까이 달려오는 것도 모르고, 인출이는 철도와 연결되어 있는 그 삼차원적 세계와의 교신을 즐기고 있었다.

다가오는 열차를 발견하고 황급히 달아나는 옆 친구가 어깨를 잡아끌어 가까스로 위기를 모면한 적이 있을 정도로……

막막한 우주의 공간에서 보내오는 소리를 들으며 살며시 감았던 눈을 떠보면 아득하게 펼쳐진 두 가닥 철로는 신기루처럼 가물가물 보이다가 눈앞에서 사라졌다.

이상한 일이었다.

철둑 가에 살던 주민들이 흔히 '철가치' 라는 말로 불렀던 철도.

그것은 만들어진 후로 거의 백여 년이 지나는 동안 사람과 물자를 줄곧 실어나르기만 했던 기묘한 도구였다. 이 철도는 자기를 바라보는 사람들로 하여금 늘 어딘가를 향해 떠나지 않으면 안 된다고 강압적 충동으로 꼬드겼다. 뿐만 아니라 자나 깨나 마음이 외롭고 쓸쓸한 사람들의 귓전에 음흉한 소곤거림을 줄기차게 송신하는 무서운 집념을 가졌다.

'외부 세계에 대한 동경, 따분한 현실로부터의 탈출!'

'나야말로 너희들의 그 소망을 보장해줄 수 있어! 미련은 무슨 얼어 죽을 개똥이야?'

'자! 겁내지 마! 와서 올라타! 모두 뿌리치고 화끈하게 떠나버려!'

얼마나 많은 사람들이 철도에서 들려오는 이러한 꼬드김에 속아서 마음의 중심을 잃고 무작정 열차에 올라타버렸던가? 그러곤 두 번 다시 자신의 고향으로 돌아오지 못하고 말았던 것인가? 식민지

시대의 철도는 조직적으로, 그리고 맹목적으로 쓸 만한 사람들을 꼬드겨서 끌고 갔고, 또 엄청난 물자들을 빼앗아갔다.

철도는 왜놈들이 이 땅을 식민지로 만들고 나서 곧바로 부설에 착수한 군사용 목적의 중요 시설물이었다. 북으로는 침략의 발판이요, 남으로는 온갖 수탈의 중요한 통로가 되어주었기 때문이다. 전국의 철도를 닦을 때 공사 감독인 십장은 대개 노일전쟁에 참전했던 왜놈 하사관들이었다고 한다. 그들은 정말 악질적으로 지역 주민들을 강제동원하여 철도부설공사를 시켰다.

지정된 날까지 공사를 일방적으로 지시해놓고 그것을 진척시키지 못하면 곧바로 십자 형틀 위에 엎어 대나무 곤장으로 볼기를 쳤다. 대나무 곤장이 잘 쪼개어져서 오래가지 못하자 왜놈들은 도축장에서 가죽 중에 가장 질기다는 수소의 음경으로 채찍을 만들어 때렸다. 그걸 '쇠좆매'라고 했다. 납으로 만든 추까지 채찍 끝에 달아서 때렸다. 당시 식민지 백성들의 볼기에서는 피가 터지고 살점이 채찍 끝에 묻어나왔다.

그 흉측한 '쇠좆매'를 맞아가며 만든 철도 위로 왜놈들은 남한 전역에서 생산된 양곡과 광산물들, 심지어는 사람들까지도 강제로 수탈하여 일본으로 실어날랐다.

일제 말기에는 만주로 남양군도로 이른바 지원병이라는 이름의 강제 징병에 끌려갔던 청년들, 공장에 취직시켜 월급을 받도록 해주겠다는 말에 속아서 조선여자정신대에 위안부로 끌려간 이 땅의 고운 처녀들, 해방되고서는 고향이 남쪽인 귀환 동포들이 두 어깨가 축 늘어진 거지 행색으로 만주와 시베리아 등지에서 돌아왔는데, 그들도 바로 인출이네 집 앞, 이 경부선 철도로 다 썩은 집처럼 대들보 마저 내려앉은 가슴으로 흥건한 눈물에 젖어 지나갔을 터였다.

인출이네 아버지가 만주를 다녀온 것은 일제 말기였다고 한다.

압록강 철다리를 건너 줄곧 열차를 타고 북으로 북으로 달리다가 만주 치치하얼(齊齊哈爾)까지 가서 드디어 기차에서 내렸다. 거기서 다시 시골로 화물 트럭에 실려 덜컹거리며 대여섯 시간을 달렸다. 광활한 옥수수농장이 지평선 끝까지 펼쳐져 있었다.

막상 당도하고 보니 그곳은 일본군들의 군수품 하역장이었다. 아버지는 만주에 괜찮은 돈벌이 기회가 있다 해서 인부 모집에 응했던 것이다. 오자마자 속은 줄 알았지만 당장 어쩔 도리가 없었다. 막상 참고 지내려 해도 음식이 너무 나빴다. 모래가 섞인 좁쌀밥과 콩나물 몇 가닥이 가라앉아 있는 소금국, 이 두 가지가 전부였다. 고된 노동을 하면서 이런 밥을 여러 날 먹고 나니 하늘이 온통 빙빙 돌고 어질어질하였다. 그나마 속에서 받아내질 못하여 문 앞에 나가며 물 설사를 좍좍 했다. 사람 구실을 못 하니 푸대접이 점점 심해졌다.

어느 날 안개가 짙게 낀 새벽, 노동자들도 보초들도 모두 곤하게 잠든 틈을 타서 인출이네 아버지는 철조망을 넘어서 탈출을 감행했다. 고향에서 함께 갔던 영길이 아버지와 함께였다. 죽으면 죽고 살면 산다는 마음속의 굳센 결단이 있었기에 가능한 일이었다. 화물트럭으로 몇 시간이고 달려오던 길을 낮에는 나무숲에 숨고, 밤이 되면 걸어서 갔다. 꼬박 일주일을 걷고 나니 남쪽으로 향한 철도가 나타났다. 여러 날 지치고 허기져서 하늘이 금계랍(키니네)* 먹은 듯 온통 어질어질하였다.

도처에 중국인 노동자들이 강제동원되어서 부역을 하고 있었는데, 천 명도 넘어 보이는 그 중국인들이 왜놈 헌병 하나에게 꼼짝도 못하고 통솔당하는 것이 너무도 이상하게 느껴졌다. 중국인들이 서로 싸우거나 전체의 분위기가 심상치 않을 때면 공사판의 왜놈 십장은 서슴없이 허리에 차고 있던 권총을 공중으로 치켜들고

"타앙!!"

하고 발사했다. 그 동작이 너무도 재빨랐다. 그러면 웅성거리며 서 있던 중국인 노동자들은 모두 그 자리에 조용히 무릎을 꿇고 앉아 하늘로 두 팔을 높이 들고 다소곳이 처분을 기다렸다.

키도 작고 몸집도 왜소하며 숫자로도 적었던 일본인들이 만주에서 자기들보다도 엄청나게 많은 중국인들을 떡 주무르듯이 요리해 가고 있던 걸 보면 일본인들에겐 참 맹랑하고 독한 점이 있다는 생각이 들었다.

돌아올 때도 열차를 타고 압록강 철교를 넘었다.

국경 지역의 삼엄한 검색과 검문은 조금도 달라진 것이 없었다.

승객들은 순사들과 시선을 마주치게 될 것이 두려워 일부러 눈을 감거나 자는 시늉을 하고 있었다. 그런 사람들 중에서 아편을 지닌 밀매업자, 독립단원들을 가려내는 일을 맡고 있는 일본 순사와 보조원들은 사냥개의 코를 가졌다. 척 보면 냄새를 맡았다. 이렇게도 삼

* 키니네: 퀴닌. 해열·진통·강장·말라리아 등에 효과가 있으며 말라리아의 특효약으로 알려져 있다. 예전에 산모가 아기 젖을 뗄 때 몹시 쓴 맛의 키니네를 젖 주변에 바르기도 했다.

엄한 분위기의 열차를 이용해서 위험한 임무를 띠고 있는 요원들은 국경을 아슬아슬하게 넘나들었다.

호남선과 경부선이 하나로 합쳐지는 대전역은 오르고 내리는 승객들과 물화로 언제나 도떼기시장처럼 붐비었다. 경상도 지역에서 농산물을 싣고 서울로 올라가던 열차들은 어김없이 대전역에서 기차 앞머리를 바꾸어야 했다. 긴 열차가 대전역 구내에서 앞머리를 바꾸는 동안 약 하룻밤 정도를 선로 위에서 그냥 대기하게 되는데, 이 대기시간을 이용해서 화물차로 우르르 잡초밭의 깍다구처럼 몰려드는 군상들이 있다.

대전역 깍쟁이가 바로 그들이다.

전라도 깍쟁이, 경상도 깍쟁이, 충청도 깍쟁이들이 모두 대전역 주변에서 살아간다. 그만큼 대전역은 남의 돈을 뜯고 살아가는 깍쟁이들에겐 말할 수 없이 목이 좋은 곳이다. 주먹이 센 놈도 있었고, 박치기로 유명한 놈도 있었다. 강짜로 치자면 놈들을 당할 자가 없었다. 이도 저도 아닌 녀석들은 품에 비수를 품었다.

그들은 대전역 통과세를 걷기 위해 이런 대기 화물차를 기다리며 역 주변에 항상 서식하고 있다. 화물칸은 쌀이나 콩을 비롯한 온갖 곡식들로 가득 차 있었는데, 중로에서의 도난을 막기 위해 화물을 지키는 사람이 반드시 타고 있었다. 몰려드는 깍쟁이들과 그들은 워낙 자주 만나서 대개 낯이 익은 구면들이다.

깍쟁이들의 수작은 어김없이

"얼라, 이번에 물건 많이 가네."

로 시작된다. 그러다가 슬그머니 위협조의 언사를 섞어서

"우리가 시방 배가 너무 고프니께 어떻게 좀 알아서 해주어!"
라고 말한다. 이때 화물관리인이 처음 오는 사람이라면 분쟁이 붙기 쉽다. 하지만 서로 구면인 이들은 농담까지 슬슬 주고받는 수작을 벌이며 문제가 어렵지 않게 해결된다.

화물관리인이 얼마간의 지폐를 손에 집히는 대로 집어서 깍쟁이 왕초의 호주머니에 집어넣어주면 되는 것이다. 이미 녀석들의 주머니는 다른 화물칸에서 걷어온 돈으로 개구리 먹은 뱀의 아랫배처럼 불룩하다.

이를 재치있게 활용해서 위기와 손실을 방지하는 화물관리인들도 종종 있다.

자, 어떤 것이냐 하면 바로 이런 방법이다.

손가락 사이에 고액권 지폐를 여러 장 끼워서 깍쟁이 왕초의 눈앞에 불쑥 들이밀며

"옜다, 많이 줄게, 많이 처먹어라!"
라고 말한다.

그럴 때 화물관리인은 손가락 사이에 지폐를 끼운 채로 왕초의 주머니에 불쑥 손을 넣는 시늉만 하고는, 눈치채지 못하게 얼른 그대로 빼어서 자기 호주머니에 도로 넣는다.

왕초는 평소보다 많은 돈을 준다는 사실이 못내 흡족해서

"알았어, 임자! 워찌 오늘따라 인물이 더욱 잘생겨 보이네그려."
라고 추켜올리며 능글맞게 웃는다.

하지만 화물관리인의 손가락 사이에 끼어진 돈은 고스란히 되돌아와 있다.

이런 줄도 모르고 깍쟁이 왕초는 만족스런 얼굴로
"자, 그러면 다음에 또 봅시다!"
하면서 떠나간다. 과연 뛰는 호랑이 위에 나는 수리란 말을 떠올린다면 깍쟁이 왕초는 대전역 주변에 서식하는 한 마리의 어리석은 수리에 불과했던가?

기차의 눈은 가자미를 닮았다

철둑길 양쪽 옆의 하수구는 더러운 시궁창이었다.

이 시궁창 물을 먹고 자란 각종 잡초들은 여름 내내 독하고 머리가 어질어질한 풀냄새를 내뿜었다. 이 풀냄새가 풀숲 사이에 버려져 썩어가는 허섭스레기의 냄새들과 한데 뒤섞여 강렬한 악취를 풍겼다. 철둑 가에서 자라난 꼬마들은 이 악취에 이미 익숙해져 있었다. 아무리 몸을 씻어도 이 냄새는 지워지지 않았다. 그 악동들이 앉았다 떠나간 자리에는 썩은 시궁창 냄새의 자취가 남아 있었다. 온통 장난기로 가득 찬 악동들의 호기심은 한여름 열기가 확확 치밀어오르는 과수원에서 과일들이 점점 무르익듯이 익어갔다.

느닷없이 일어나는 사고는 왜 그리도 아이들의 흥미를 끌었던 것인가.

달리던 열차가 끼익 급정거하는 소리를 내면 인출이는 밥을 먹다가도 가자미처럼 눈알을 좌우로 뒤룩거리며 숟가락을 던지고 달려나갔다. 이 열차 정거 소리는 틀림없이 사람이 열차에 치어 죽었다는 신호였다. 인출이는 처참한 열차사고의 현장으로 가서 직접 보아야만 직성이 풀렸다.

철도 침목 위에는 마치 예리한 면도날로 잘라놓은 듯 토막이 난숱한 주검들이 거적때기에 덮여 있었고, 그 주변에는 선홍색 살점의 파편들이 여기저기 튀어 있었다. 역하게 풍기는 피비린내에 줄곧 구역질을 하면서도 인출이는 용기를 내어 가장 가까이로 다가가 끔찍한 현장을 보았다. 주로 생활고를 비관하는 것이었고, 사랑을 이루지 못한 남녀가 함께 껴안고 달리는 열차에 몸을 던지는 경우도 가끔 있었다. 철도 위에서 놀다가 열차에 치어 죽은 아들의 축 늘어진 주검을 두 팔에 안고 짐승처럼 우는 한 젊은 아비의 모습을 보고 돌아온 날, 인출이는 집에 돌아와서 혼자 눈물을 지었다.

사람들은 왜 철도에 와서 저렇게 무참히 죽어가는가?

그들은 기차와 전생에 무슨 악연이 그토록 많았기에 일부러 철도에까지 올라와서 바람처럼 달리는 열차에 자신의 몸을 던지고 마는가?

같은 반 아이 만재가 다리를 잘린 것도 그 무렵이었다.

만재네 집은 기차역 뒤쪽에 있었다.

역 부근에 살던 아이들이 대개 그랬듯이 만재도 학교에서 돌아오면 곧바로 찌그러진 양동이를 하나 들고 역으로 숨어들어갔다.

역 구내에는 서울이나 부산 쪽에서 허연 입김을 씩씩 내뿜으며 요란하게 달려온 증기기관차가 석탄을 태운 찌꺼기를 긁어내리기 위해 언제나 대기하고 있었다. 그 석탄 찌꺼기를 아이들은 '석탄 똥'이라고 불렀다. 철길 옆에 석탄 똥을 수북이 퍼내려놓고 열차는 기적 소리를 울리며 서서히 떠나갔다. 그러면 잠시 정적이 깃든 그곳에 만재와 그 또래의 아이들, 혹은 열차 선로반 부인네들이 대기하고 있다가 일제히 달려들어 막대기로 또는 갈고리로 석탄 똥을 파헤친다.

석탄 똥 속에는 아직 땔감으로 쓸 만한 연료가 섞여 있었는데, 이를 '곡수'라고 했다. 곡수는 짙은 고동색과 보라색이 뒤섞여 반짝반짝 윤도 나면서, 작은 구멍이 촘촘히 나 있는 날카롭고도 신비한 물건이다. 이 곡수가 바로 코크스였음을 훨씬 나중에야 알게 되었지만, 그때는 뜻도 모르고 그냥 남들이 하는 대로 '곡수, 곡수'라고 불렀다.

곡수 가운데 작은 놈을 하나 주머니에 숨겨와서 조회시간에 앞에서 있는 친구의 뒤편 머리카락에 슬쩍 대었다가 떼면 구멍마다 몇 올씩의 머리카락이 생짜로 뽑혀서 나온다. 갑자기 곡수 장난에 머리를 뽑힌 아이들은 너무도 따갑고 분해서 눈물까지 찔끔거리며 곧 난투극이 벌어지기가 십상이었다.

역 주변의 아이들은 늘 이 곡수를 찾아서 오후 시간을 보내는 것이다.

석탄 똥 뒤지는 일도 결코 아무나 함부로 할 수 있는 일은 아니다. 조역이나 검차원 등 철도청 직원 가족들이 아니면 출입할 수도 없었다. 그때는 이들이 가장 커다란 권력자였다. 만재네 아버지 김판식 씨는 그때 철도 역무원으로 일하고 있었으므로 인출이도 만재를 따라 곡수를 주우러 몇 번인가 가본 적이 있다. 만재가 찌그러진 양동이를 들고 대문 앞에 와서 불집개로 그 양동이를 두드리며

"인출아! 곡수 주우러 가자아!"

라고 외치면 인출이는 기다렸다는 듯이 부리나케 달려나갔다.

박시관씨의 아들 경태도 인출이와 같은 반이었으므로 인출이는 경태와 함께 역 구내를 당당하게 들어가본 적이 있다. 경태네 아버지 박시관씨는 역무원이었는데, 어느 안개 자욱한 새벽 고장난 철도 안전등을 점검하기 위해 나갔다가 사고를 당해 기차역에서 세상을 떠났다. 그 때문에 경태는 철도원 가족 자격으로 전국의 어느 곳을 가더라도 모든 열차를 무료로 탈 수 있었다.

만재나 경태 같은 도우미마저 없을 때면 위험을 무릅쓰고 철조망을 넘어들어가서 아슬아슬하게 작업을 하는 도리밖에 없다. 이렇게 주워 모은 곡수를 풍로에 피워서 밥 짓는 연료로 쓰기도 했고, 또 더러 남는 것은 모아두었다가 이웃집에 팔기도 했다.

그날도 만재는 곡수를 한 양동이 주워놓고 갑자기 장난기가 돌았다. 역 구내에 일시 정거해 있던 열차가 서서히 움직이기 시작할 때 만재는 승강구의 손잡이를 잡고 올라탔다. 열차가 속도를 내지 않을 것인데다가, 조금 가다가 곧바로 사뿐히 뛰어내리는 일에는 만재뿐만 아니라 철둑 가에 사는 아이들은 대개 전문적일 정도로 이미 이골이 나 있었다.

그런데 한순간 만재의 손이 손잡이에서 주르르 미끄러져 기차 밑으로 아랫도리가 빨려들어가버린 것이었다.

참으로 눈 깜짝할 사이에 일어난 사고였다.

"악!"

비명 소리는 기적소리에 묻히고, 열차는 한참을 가서야 멈춰 섰다.

기차 밑에서 축 늘어진 채로 질질 끌려나온 피투성이 만재에게서는 이미 한쪽 다리가 보이지 않았다. 만재의 끊어진 다리 한쪽은 철도의 침목 위에서 한참 동안 푸들거렸다. 침목 위는 만재의 몸에서 쏟아져나온 피로 흥건하였다.

그날 오후, 학교에서는 무섭기로 소문난 학생과장 선생이 교내 방송을 했다.

"철둑 가에 사는 학생들은 방과후에 모두 강당으로 집합하라!"

수업이 끝나자 인출이는 영문도 모르고 강당으로 갔다. 둘러보니 철둑 가에서 학교를 오고가는 알 만한 아이들은 모두 와 있었다. 학생과장은 강단 위에 올라서서 큰 소리로 호통부터 쳐대었다.

"모두 책상 위에 무릎 꿇어!"

"야! 이 병신 머저리 같은 놈들아! 네놈들이 평소 정신을 안 차려서 이런 사고가 났어! 오늘 오후에 교장선생님이 높은 곳에 불려가서 얼마나 당하신 줄 알아?"

만재의 사고가 라디오 정오뉴스로 보도되자 교육청에서는 즉시 교장선생님을 호출해서 호된 문책을 했던 모양이다.

"모두들 두 손 들고 눈 감아! 그리고 깊이 반성해!"

철로 주변에 사는 아이들은 오로지 그날의 철도사고 때문에 무릎을 꿇고 두 손 높이 드는 벌을 받았다.

왜 우리가 이런 호통을 들어야 하지?

선생님은 우리더러 대체 무얼 반성하라는 것일까?

눈을 감고 곰곰이 생각해보니 우리가 이렇게 죄인 취급 받는 것은 모두 철둑 가에 사는 가난한 주민이었기 때문이다. 철둑 가에 사는 것도 죄가 되나?

"모두들 두 팔을 귀 옆으로 바싹 올려붙여!"

평소 호랑이로 소문난 학생과장 선생은 우리 사이를 마구 휘젓고 다니며 지쳐서 아래로 자꾸만 늘어지는 아이들의 팔을 막대기로 사정없이 때렸다.

한 학기 내내 학교에 나오지 못하던 만재는 여름방학이 끝나자 양겨드랑이에 목발을 짚고 나타나서 힘겹게 뒤뚱뒤뚱 걸어다녔다. 한쪽 발이 없는 만재의 바짓자락이 바람에 너풀거리는 모습을 뒤에서 보면서 인출이는 무척 슬픈 생각이 들었다.

어느 날 담임선생님은 종례시간에 책꾸러미를 한 아름 안고 교실로 들어왔다.

그러고는 한 사람씩 이름을 부르며 그 책을 나누어주었다. 엷은 보라색 표지로 장식된 그 책은 '달 뜨는 마을'이란 제목의 아동문고였다.

선생님이 큰 소리로 말했다.

"방금 너희들에게 나누어준 이 책은 선생님 친구가 직접 쓰고 펴낸 동화책이야. 책값은 이번 주말까지 한 사람도 빠짐없이 가져오도록 해라! 이상!"

선생님 친구가 낸 책을 왜 선생님은 우리에게 팔고 있는 것일까?

그것보다도 이 책을 집에 갖고 갔을 때 아버지가 과연 기분좋게 책값을 주실 것인가?

틀림없이 제대로 받아내기 힘들 것이라는 예감부터 들었다. 인출이는 우선 그 책에다 자기 이름부터 크게 적었다. 교과서 외엔 자신의 책이 단 한 권도 없었던 인출이는 자기 소유의 표시부터 먼저 했다. 아직 책값도 내지 않았는데 어쩌지……

우선 첫 장을 펼쳤다. 동시도 실려 있고, 동화도 실려 있었다. 작품마다 예쁜 그림이 들어가 있었다. 동시와 동화가 무엇인지도 모르고 있던 인출이는 책장을 한 장씩 넘기면 넘길수록 마치 야릇한 마술 속으로 스르르 빨려들어가는 것만 같았다.

'글로 쓴 것인데도 이렇게 재미가 있구나.'

그날 저녁 밥상머리에서 인출이가 아버지의 눈치를 흘끔흘끔 보면서 말했다.

"담임선생님이 이 책을 나누어줬어요. 책값을 토요일까지 갖고 오래요."

돈 이야기를 듣는 계모의 표정이 그다지 밝지 않았다.

"아니 무슨 책을 부모한테 물어보지도 않고 사라고 하니? 이상한 학교도 다 있구나."

"먹고살기도 힘든데 그런 책 살 돈이 어디 있어!"

계모의 목소리엔 이미 가시가 돋쳐 있었다.

그런 일이 있었던 며칠 후 저녁이었다. 직장에서 돌아오던 인출이 아버지가 골목에서 아들을 불렀다. 그러고는 주머니에서 돈을 꺼내주면서 나직한 목소리로 말했다.

"이걸로 그 책을 사거라!"

인출이 가슴속에서 무엇인가 뜨거운 것이 왈칵 솟구쳐오르는 듯

했다.

'아버지는 이렇게도 나를 염려하고 걱정하시는구나.'

세상이 아무리 고달파도, 계모가 아무리 뾰족한 소리로 힘들게 해도, 아버지만 옆에 계신다면 아무런 걱정이 없으리라.

'아버지, 고마워요……'

철둑 옆으로는 고무공장과 역전 수하물 취급소가 있었다.

쌀가마니, 밀가루 부대 등 열차의 각종 화물을 올리고 내리는 하역 노동자들이 작업중 신분 표시를 위해 일제히 빨간 빛깔의 모자를 쓰고 있어서 일제 때부터 '마루보시(丸帽)'라 부르던 곳. 아이들은 아무런 뜻도 모르고 어른들이 하는 대로 흉내를 내어 그냥 그렇게 따라 불렀다. 그리고 그 옆에는 미군부대가 나란히 있었다.

하루는 가랑비가 추적추적 내리는 봄이었는데 미군부대 담벼락 뒤편 철둑 비탈에 아이들이 모여 비를 맞으며 웅성거리고 있었다.

인출이 호기심은 불같이 끓어올랐다. 가보니 아기였다.

영락없는 고무인형처럼 생긴 그것은 정교한 형태를 모두 갖춘 손가락과 고추까지 달려 있었다. 죽은 아기는 밤새도록 비를 맞아서 팅팅 부어올라 있었다. 옆에 있던 누군가가 양갈보가 낳아서 버린 아기라고 말하며 혀끝으로 침을 찍 뱉었다.

인출이는 정말 궁금한 것이 많았고, 무엇보다 비가 오는데도 아기를 그냥 풀밭에 내다버린 양갈보가 미웠다. 그러나 또 한참 생각해보니 양갈보가 정말 불쌍하다는 생각이 들었다.

바로 그 다음날 오전이었다.

인출이는 교실에서 선생님이 칠판에 써놓은 것을 공책에 바쁘게 옮겨적고 있었다.

문득 창밖을 보니 하늘이 온통 새까만 연기로 뒤덮였다. 그리고 그 연기의 뿌리 쪽으로는 시뻘건 불기둥이 솟아오르고 있었다. 앵앵거리는 소방차의 요란한 소리와 절규하는 아우성 소리도 잇따라 들려왔다. 누가 서문시장에 큰불이 났다고 했다.

교실 안은 불안한 웅성거림으로 가득 찼다. 서문시장 안에서 부모가 포목상을 하는 아이도 있었고, 건어물상을 하는 아이들도 있었다. 그 아이들의 표정은 불안과 두려움 때문에 금방이라도 울음이 터질 듯 울상이었다. 담임선생님도 수업을 중단하고 창가에 서서 불길을 쳐다보았다. 불길은 점점 세차게 타올랐다.

다음날 신문에 사진과 기사가 난 걸 보니 포목점이 수백 군데나 불탔다고 했다.

저녁 밥상머리에서 누나들이 어디서 듣고 온 이야기를 전했다.

서문시장은 원래 천황당이란 연못이 있던 자리였다. 참나무 숲이 무성하던 그곳은 봄, 가을마다 대구 성내 한량들과 인근 부녀자들이 즐겨 찾던 놀이터였다. 주변 언덕에서 흘러내린 맑은 물이 모여 이루어진 아름다운 호수!

그런데 이 못을 메우고 그 위에 시장이 들어서게 되었다.

큰 시장이 펼쳐진 후 잊을 만하면 한 번씩 불길이 치솟았다. 사람들은 하나같이 입을 모아 억울한 한을 풀지 못한 귀신의 장난이라 했다.

옛날 천황당 연못에 사랑하던 사람에게 배신을 당하고 몸을 던져 죽은 처녀가 있었다고 한다. 그 처녀의 원혼이 여전히 남아서 돌아다니며 머물 곳을 잃어버린 자기 신세를 한탄하며 해코지를 하고 다닌다고 했다. 처녀귀신이 주로 하는 해코지는 서문시장의 장사를 방해하는 것, 세찬 바람이 불 때면 불을 지르는 것이라고 했다. 뭉글뭉글 피어오르는 검은 연기 속에서 머리를 산발한 처녀귀신이 혀를 날름거리며 웃는 모습이 보이는 듯했다.

그래서 서문시장 상인 조합에서는 영험 높은 무당을 불러다 한바탕 굿을 벌이기도 했다. 하지만 몇 년에 한 번씩 반드시 불이 나곤 했었다. 처녀귀신 이야기를 듣고 난 뒤에 인출이는 너무도 무서워서 밤에 변소를 가지 못했다. 곤하게 잠든 누나를 깨워서 변소 옆에 기다리게 해놓고 볼일을 보았다. 볼일을 보면서도 누나가 밖에 서 있는지 확인하려고 몇 번이나 불렀다.

기적소리가 들리네

전매청 담 모퉁이를 돌면 거기서부터 도원동길이다.

도로가 포장되기 전에 자갈이 많이 깔려 있어서였는지 사람들은 이 일대를 '자갈마당' 이라 부르고 있었다. 한 노인이 그에 얽힌 유래를 들려주었다.

"원래 대구에는 조선시대에 만들어졌던 성곽이 있었는데, 그 때문에 지명도 서성, 남성, 북성, 동성이 있었다네. 하지만 식민지가 시작되면서 일본인들은 이 오래된 성곽을 허물게 되었지. 허물어낸 성곽의 돌과 자갈 부스러기를 모두 가까운 늪지로 옮겨서 그곳을 매립하게 되었어요.

그러나 그 매립지는 농사에도 부적절하고 별로 쓸모가 없는 곳으로 알려졌지. 이를 어느 일본인이 사들여 색주가집이 즐비한 골목으로 조성했어요. 이후로 일본과 조선에서 창기들이 구름처럼 몰려들

었지.

세월이 흐르면서 자연스럽게 이곳은 조선총독부가 지정한 최초의 공창으로 바뀌어갔다오. 이 모든 짓을 주선한 자가 친일파 박중양이라오. 항상 지팡이를 짚고 다녀서 사람들은 흔히 박작대기라 불렀지. 워낙 이등박문 통감한테 아양을 많이 떨어서 그의 양아들이란 소문이 파다했어. 글쎄, 이런 인간의 송덕비가 대구의 침산언덕에 아직도 버젓이 남아 있다니 그게 말이나 되우?

악질 친일파의 송덕비뿐만 아니라 당시의 유곽촌 흔적도 지금껏 그대로 남아 있어요. 도시 건달과 바람둥이들에게 이곳은 말 그대로 도원경, 즉 무릉도원이었던 게야."

도원동은 한국전쟁을 겪으면서 더욱 소문난 유곽지대가 되었다.

깡통을 든 전쟁고아와 쓸쓸한 표정의 전쟁미망인들이 유난히 많이 모여들어 무논 속의 개구리처럼 바글거리던 곳!

이른 아침 인출이가 학교 가는 길에 이 자갈마당 골목 부근을 지나노라면 잠옷 바람의 아가씨들이 더운물이 담긴 세숫대야를 들고 집 앞 골목길에 나와서 머리에 하얀 수건을 질끈 매고 엉덩이를 높이 치켜들고 푸푸 세수를 하는 광경이 보였다.

학교에는 육군 공병부대가 운동장 한쪽에 천막을 치고 주둔해 있어서, 그곳을 드나드는 군용차량의 소음과 함께 된장국 냄새가 언제나 배가 고픈 아이들의 후각을 강렬하게 자극했다. 시시때때로 드나드는 군용차의 뒤꽁무니에서 희뿌연 빛깔의 먼지가 피어올랐다. 아이들은 군용차의 뒤를 쫓아다니며 파랗게 뿜어져나오는 배기가스를 일부러 깊이 들이마셨다. 어떤 아이는 이 냄새를 많이 마시면 뱃속

의 회충이 없어진다며 열심히 따라다녔다. 자동차 배기가스의 냄새는 이상야릇하게도 신선한 느낌으로 아이들의 후각을 자극했고, 또 언제나 유혹을 불러일으켰다.

그것도 싫증이 날 때는 바람 빠진 공으로 축구를 했다.

공을 향해 달려가는 여러 아이들의 팬티 궁둥이에는 대개 성조기와 태극기가 서로 맞잡고 악수하는 손이 인쇄되어 있었다. 그것은 다름아니라 유엔이 구호물자로 한국에 보내온 밀가루 부대였다. 배급으로 타온 밀가루는 집에서 국수와 수제비를 만들어 먹었고, 빈 부대 자루의 광목천으로 아이들 팬티를 만들어 입혔던 것이다. 워낙 물자가 귀하고, 옷감 천은 더더욱 구하기 어려운 시절이라, 밀가루 부대의 광목은 훌륭한 속옷 재료가 되었다.

그런데 인출이는 공차기엔 참으로 재주가 없었다.

바람 빠진 공이라 별로 잘 나가지 않는데도 왜 그렇게 공을 따라잡질 못했는지. 어쩌다 그 공이 운좋게 인출이를 향해 달려올 때면 너무도 흥분한 나머지 매번 헛발질을 하곤 했다. 눈을 질끈 감고 공을 걷어차지만 공중에 높이 솟구치는 것은 언제나 인출이 발에서 벗겨져나간 검정 고무신이요, 가랑이 사이로 냉큼 달아나는 것은 공이었다.

인출이와 같은 반 아이였던 종덕이가 폭발사고로 손목을 잘린 것도 이 무렵이다.

그때는 웬 폭발물사고도 그렇게 많았는지, 신문에는 거의 매일같이 여기저기서 일어난 폭발물사고가 보도되었다. 거의 모든 피해자들은 철모르는 아이들이었다.

그날은 토요일 오후였다.

청소를 끝내고 다른 아이들은 모두 집으로 돌아갔지만 종덕이는 혼자 빈 교실에 남아 있었다. 그 아이는 부모가 없이 고아원에서 학교를 다니는 아이였다. 종덕이는 무심코 엎드려서 교실 마룻바닥 부서진 틈새를 들여다보다가 거기에 어떤 거무스름한 물건이 있는 것을 보았다. 한쪽 팔을 어깨까지 집어넣어서 더듬어보니 손끝에 차고 서늘한 감촉이 느껴졌다. 겨우 꺼낸 그것은 고무줄로 칭칭 감은 수류탄이었다.

세월이 한참 지나서 고무줄은 이미 삭아들어 있었다. 안전핀을 왜 고무줄로 감아놓았는지 그 까닭을 알 수 없었다. 아마도 한국전쟁이 나고 군부대가 학교를 접수해서 주둔하던 시절에 누군가가 몰래 그것을 마룻장 밑에 숨겨둔 것이 아니었을까. 종덕이는 애써 획득한 그 노획물을 슬쩍 가방에 집어넣고 고아원으로 돌아갔다. 이 재미있는 장난감을 자기 혼자서만 가지고 놀 수 있다는 사실이 무척 자랑스러웠다.

일요일 오전, 종덕이는 불발탄을 호주머니에 넣고 혼자 고아원 뒷산으로 올라갔다. 귀에 대고 흔들어보니 속에서 무엇인가 사각사각 소리가 들렸다. 종덕이는 그것이 궁금해서 견딜 수 없었다.

이 속에 무엇이 들었을까?

혹시 달콤한 설탕가루가 든 것은 아닐까?

종덕이는 호기심을 못 견디고 기어이 큼직한 돌을 집어 수류탄을 두들겼다. 그러는데 한순간 번쩍 불이 튀면서 불발탄이 터지고 말았던 것이다. 종덕이의 손은 피범벅이 되었고, 손목 하나가 날아갔다.

나중에 병원에서 퇴원했다는 소문이 들렸지만, 종덕이는 끝내 학교에 다시 나오지 않았다. 지금 그 종덕이는 어디서 무엇을 하고 있을까?

어느 날 하학시간에 담임선생님은

"철둑 가에 사는 학생들은 모두 손을 들어라!"

라고 말했다. 평소 선생님의 눈에 전혀 들지 못하던 인출이도 씩씩하게 손을 번쩍 들자 선생님이 말했다.

"내일 오후에 이승만 대통령 각하께서 특별열차 편으로 대구역을 통과하시게 되었으니 집집마다 태극기를 만들어서 반드시 가족들과 함께 나가 흔들도록…… 이상!"

이튿날은 주말이었다.

인출이는 이른 아침부터 자신이 마치 대통령과 직접 만날 약속이라도 되어 있는 것처럼 들떠 있었다. 부지런히 하얀 도화지에 태극기를 그려 들고 누나랑 철둑길로 나갔다. 그러나 네시경에 지나갈 것이라던 대통령은 저물도록 지나가지 않았다. 어스름 땅거미가 슬금슬금 걸어올 무렵, 드디어 열차 앞대가리에 울긋불긋한 꽃장식이 요란한 열차 한 대가 질풍같이 지나가버렸다. 특별열차였다.

열차 맨 뒤칸 꽁무니에 얼굴이 하얀 노인 하나가 의자에 앉아서 손을 흔드는 모습이 꿈결처럼 보였다. 잠시 보이더니 금방 사라져 버렸다.

이게 꿈인가? 생시인가?

애써 만들어간 태극기는 흔들어보지도 못했다.

대통령의 손은 건전지의 힘으로 손을 흔들고 있는 백화점의 자동 인형처럼 단조롭고도 무의미하게 흔들리고 있었다.

그해 가을, 운동장에서 대운동회가 열렸다.

청군과 백군 두 편으로 나누어 경기를 하는데, 인출이는 청군이었다. 학교에서 돌아오는 길에 문방구에 들러 청군 머리띠를 사서 이마에 질끈 동여매었다. 운동회가 열리는 날 아침, 누나는 깨끗하게 빨아놓은 운동복을 입혀서 출전 준비를 시켰다. 운동회 날은 학부모들 마음이 더욱 설렌다. 김밥을 싸고, 햇밤과 계란을 삶고, 사이다를 비롯한 음료수를 준비해둔다.

인출이 아버지는 일터에 들렀다가 바로 오기로 했고, 계모와 누나들은 운동장 오른쪽 담장 옆 느티나무 밑에서 만나기로 굳은 약속을 해두었다. 가을 햇살이 따갑게 내리쬐는 운동장에는 단거리와 계주가 펼쳐질 때 출발을 알리는 총소리가 함성소리와 함께 연방 들렸다. 게다가 성능이 좋지 않아 참고 듣기에 몹시 거북한 금속성 잡음이 줄곧 찍찍거리며 나는 마이크 소리까지 뒤섞여 운동장은 그야말로 야단법석이었다.

이윽고 점심때가 되자 아이들은 모두 자기 가족들과 만나 도란도란 이야기를 나누며 점심을 먹었다. 인출이도 미리 약속했던 느티나무 밑으로 찾아갔다. 하지만 거기에는 계모도 누나도 없었다. 낯선 사람들만 먼저 자리를 차지하고 앉아 있었다. 인출이는 구름같이 많은 인파를 헤치고 다니며 가족들을 찾았지만 종내 만나지 못했다. 어떻게 된 일일까. 고단한 운동 끝에 몹시 허기가 진 뱃속에선 계속 맛있는 음식을 빨리 들여보내라고 쪼르륵 쪼르륵 아우성쳐댔다.

그렇게 한 시간을 헤매다니다가 어느 손수레 옆에 퍼질러 앉아 넋을 놓고 있었다. 그런데 저쪽 건너편에 누나가 지친 얼굴로 앉아 있는 게 보였다. 인출이는 인출이대로 누나는 누나대로 서로 찾아 헤매다녔던 것이다. 너무도 속이 상해서 인출이는 누나를 보자마자 울음을 터뜨렸다. 결국 만나긴 했지만 즐겁던 기분은 사라져버렸다. 뒤늦게 인출이 아버지도 합류해서 늦은 점심을 허겁지겁 먹었다.

저녁시간, 운동장은 온갖 사람들이 버리고 간 쓰레기로 범벅이 되었다. 학부형 대항 달리기 경주에 인출이네 아버지가 출전했다. 이미 장년이 넘은 나이라 앞순위에 들지는 못했지만 그래도 끝까지 뛰었다.

그날 경주에서 보는 이의 배꼽을 잡았던 장면은 단연코 한 사내의 모습이다.

가운데로 가르마를 탄 머리엔 고급 포마드를 발라서 반짝거리는 광채가 났다. 정성껏 다려서 날카로운 줄을 세운 백바지를 입고, 백구두로 뽐을 낸 그 남자는 일학년 여자아이의 아비였다.

출발 신호가 들리자 그 남자는 눈을 질끈 감고 달려갔는데, 가장 선두였다. 그런데 절반쯤 달렸을 때 걸음이 꼬여서 그대로 운동장 흙바닥에 엎어져버렸다. 기세 좋게 달리던 맹렬한 속도를 이기지 못하고 운동장을 한참이나 미끄러졌다. 잠시 뒤에 절뚝거리며 일어나는 그 남자의 바지는 온통 흙투성이였고, 두 무릎엔 구멍이 나 있었다. 살갗이 상했는지 바지 밖으로 빨간 피가 배어났다. 눈부신 백구두는 흙바닥에 코가 쓸려서 벗겨진 가죽이 드러났다. 입과 얼굴에도 온통 흙이었다. 포마드를 발라서 단정하게 빗어넘긴 그의 머리는 산발한 것처럼 마구 흐트러졌다.

그 광경을 지켜보던 사람들은 모두 돌아서서 킥킥거리며 웃음을 참지 못했다. 백구두 사내는 몹시 화를 내며 운동장 밖으로 걸어나갔다. 절뚝거리는 그의 걸음이 너무도 고통스럽게 보였다. 지금 그 백구두 사내는 어디서 무얼 하고 있을까.

철둑 가의 큰대문집에 살 때 인출이네 누나가 시집을 갔다.

어머니를 잃어버리고 유난히도 서러움을 잘 타서 눈물도 많던 첫째누나. 드디어 그녀를 데리고 갈 남자가 생겼다. 중매쟁이가 뻔질나게 드나들며 혼인을 주선하더니 마침내 혼렛날까지 잡혔다.

조용하던 집 안은 그날부터 몹시 바빠졌다. 구식으로 치르는 전통혼례라 집 마당에서 모든 절차가 진행되게 된다. 혼례식 당일에 쓸 각종 예물과 비품을 구입하고 준비하느라 시끌벅적했다. 혼렛날이 가까워오자 시골에서 일가친척들이 하나 둘 모여들기 시작했다. 일주일 전부터 집 안은 손님으로 벅적거렸다. 그 가운데 가장 인상적인 분이 한 사람 있었다. '정매'란 이름으로 불리는 솜씨 좋은 아주머니였는데, 아직 회갑 전인데도 얼굴에 주름이 많고 치아가 거의 다 빠져서 호호할머니 같은 느낌을 주었다. 음식을 먹을 때도 할머니처럼 입을 오물오물하였다.

그녀는 워낙 손재주와 솜씨가 뛰어나 구식혼례를 치를 때 단골로 불려다닌다고 하였다.

재바른 손놀림으로 찹쌀가루를 반죽하여 여러 가지 물감으로 색을 넣고 봉황새를 만들어가는데 그 솜씨가 가히 일품이었다. 작은 손으로 조물조물 반죽한 덩어리를 만지작거리며 자르고 다듬고 비비고 문질러서 형형색색의 모양을 내어갔다.

시간이 갈수록 찹쌀반죽으로 만든 봉황새의 위용은 그 모습을 화려하고도 당당하게 나타내었다. 그 봉황새의 옆에서 계속 펼쳐지는 정매 아주머니의 손재주는 둘러서서 보는 사람들의 입에서 탄성을 자아내게 하였다. 마른 문어와 오징어도 가위로 오려서 봉황새와 여러 가지 동물의 모양과 꽃으로 만들어가는데 참으로 놀라웠다. 계모는 정매 아주머니에 대한 대접이 극진하였다.

혼롓날이 다가올수록 식객들로 붐비는 집 안에서는 잔치 분위기가 물씬 풍겨났다.

가마솥에서는 육개장이 설설 끓고, 장작불은 꺼질 줄 몰랐다. 한쪽에선 떡메로 차락차락 떡을 치는 광경도 있었다. 드디어 잔칫날을 하루 앞두고 마당의 우물터 옆에서 살찐 돼지 한 마리가 끌려왔다. 앞발과 뒷발을 묶어서 쓰러뜨려놓고 사람들은 돼지 잡을 준비를 했다. 마당을 깊이 파는 데 쓰는 곡괭이를 들고 와서 한쪽 끝을 더욱 날카롭게 만들기 위해 숫돌에 오래 갈았다. 영문도 모르는 돼지는 눈만 끔뻑거리고 시멘트 바닥에 누워 있었다.

마침내 한 남자가 돼지의 양미간에 곡괭이의 뾰족한 날을 깊이 박았다.

단단한 수박통에 대침이 박히듯 곡괭이 날 끝이 돼지의 살과 뼈를 부수고 푹 박히는 소리가 들렸다. 돼지는 한순간 고함을 질러대며 몸부림쳤지만 묶인 발과 쓰러진 몸뚱이만 세차게 꿈틀거릴 뿐이었다. 하지만 그 꿈틀거림도 잠시였다.

남정네들은 미리 팔팔 끓여둔 물을 바가지로 떠서 돼지의 등과 배에 골고루 부었다. 이미 숨이 끊어진 돼지의 몸이건만 뜨거운 물이 닿을 때마다 살갗이 움찔거리는 듯하였다. 갈고리로 돼지의 몸을 긁어대니 검은 털은 쉽게 빠지고 허연 껍질이 드러났다. 모두들 돼지에 달라붙어 내장을 손질하고 각을 뜨기 시작했다. 어떤 노인은 죽은 돼지 옆에 앉아 먼저 소주를 큰 컵으로 한 잔 쭉 따라 마셨다. 그러더니 돼지 생간을 꺼내어 소금에 그대로 찍어 먹으며 흡족한 듯 히죽 웃었다.

그로부터 얼마 후 집 안에는 돼지 삶는 냄새가 구수하게 퍼졌다. 사람들은 틈만 나면 가마솥 옆으로 가서 삶은 돼지수육을 커다랗게 칼로 썰어서 왕소금에 쿡 찍어 입 안에 넣고 우물거리며 다녔다. 그들 모두의 얼굴엔 웃음꽃이 활짝 피어났다. 여기저기서 농담과 우스갯소리에 깔깔거리며 넘어가는 소리가 들렸다. 조용하기만 하던 집 안이 모처럼 사람 사는 활기로 가득 찼다.

일하는 부인네들 옆에서 혼자 싱겁을 떨어대는 한 사내가 있었다. 그는 박서방이라고 불리는, 인출이 사촌누이의 남편이었다. 후리후리한 키에 깡마른 체격! 평소 재담을 잘해서 주변 사람들에게 인기와 호감을 많이 받는다는 이야기를 자주 들었다.

"죽었다가 새로 빳빳하게 살아나는 것이 무엇인지 말해보우!"

부인네들은 대답도 하기 전에 먼저 깔깔거리고 웃었다.

"어디 똑똑한 박서방이 먼저 알려주시구려. 우리 같은 무식쟁이들이 그 어려운 걸 어찌 알겠어!"

이럴 때 박서방은 틈을 놓치지 않고 잽싸게 한 방 내지른다.

"아니, 그것도 모르고 이날까지 영감하고 한 방에서 잤는감? 그렇게 무식한 사람이 대관절 새끼들은 어떻게 주렁주렁 낳았어?"

과방 주변에선 또다시 한바탕 웃음바다가 펼쳐졌다. 어떤 부인네는 배를 잡고 마룻바닥을 똘똘 굴렀다. 그녀의 눈꼬리에는 눈물까지 찔끔 맺혔다.

한 아낙네가 삶은 돼지고기 한 점을 김치에 싸서 박서방의 입에 냉큼 밀어넣으며 짐짓 기세 좋게 말했다.

"이렇게 험한 말을 하는 양반은 우선 입을 막아놓아야 돼!"

박서방은 마치 그것을 기다렸다는 듯이 넙죽 받아먹으며 입 안의 고기를 우물거렸다.

한껏 신명이 오른 박서방은 바가지를 갖고 와서 숟가락으로 두들기며 장단 맞춰 흥겹게 노래를 불렀다. 그러다가는 장롱에서 베개를 꺼내와 등에 넣고 곱사춤 흉내를 내며 마루를 빙글빙글 돌면서 한바탕 걸판지게 놀았다.

익살과 재담에 뛰어난 취객과 아낙네들은 잔칫집 마당에서 거의 너나없이 친구 같은 말투를 주고받으며 저물 때까지 깔깔거리고 시시덕거렸다.

인출이는 이 광경을 옆에서 지켜보며 마냥 즐겁고 흥겨운 분위기에 덩달아 신이 났다.

박서방의 익살과 재담이 한창 무르익을 때면 어김없이 대문 앞에선 야릇한 소란이 들렸다. 온 동네 거지란 거지가 모두 몰려와서 돈과 음식을 내놓으라고 아우성이었다. 그들은 이미 술이 잔뜩 취해서 불콰해진 얼굴로 대문을 걷어차며 강짜를 놓았다.

몰려든 거지들은 동네 거지들만이 아니었다. 그들끼리 이웃 동네로 사발통문을 놓아서 먼 곳의 거지들까지 다 모인 것이 분명했다. 거지들은 대문으로 드나드는 손님들 중 처녀나 부인네들에겐 더러운 손을 어깨에 슬쩍 올리며 희롱을 했다. 그럴 때 여인들은 찢어질 듯한 비명을 질렀다. 체구가 약해 보이는 남정네들에겐 발끝을 걸어서 기어이 휘청거리며 넘어지도록 만들었다.

대문 앞의 소란을 견디다 못해 인출이 아버지는 집 안에 모인 친척들 중 가장 완력이 세고 덩치가 큰 사람을 시켜서 거지 왕초와 협상을 하도록 했다. 그 협상이란 대개 이렇다. 거지들의 요구를 들어주되 금액과 음식의 분량을 정하는 것이다. 거지 왕초의 요구는 완강하고 드세었지만 잔칫집 혼주측 대표로 나간 사람의 완력과 기운을 당하지 못하고 슬금슬금 물러나며 최종적 조건에 동의하고야 만다.

이윽고 잘 삶긴 돼지고기 편육과 각종 부침개, 술과 떡이 가득 차려진 큰 상을 들고 대문 안쪽의 꽃밭에다 차려놓으면 거지들은 우르르 몰려들어와 게걸스럽게 먹어치운다. 한창 어여쁜 모습으로 꽃을 피워올리던 꽃밭의 채송화, 분꽃, 봉숭아, 달리아, 샐비어, 나팔꽃 따위는 거지들의 왁살스런 발길에 무참히 짓이겨졌다. 인출이는 그것이 가장 안타까웠다.

거지들이 막걸리와 음식찌꺼기가 묻은 입가를 더러운 옷소매로 쓱 닦고 돌아서면 또다른 거지들이 대문 앞에 구름떼처럼 몰려와서 아우성쳐댔다.

이윽고 혼례식을 올린 신혼부부는 모든 하객들의 축복 속에 촛불이 은은하게 켜진 화촉동방으로 들었다. 이렇게 잔칫날은 호젓하게 저물어갔다. 이따금 지나가며 울려대는 열차의 기적소리가 이 호젓함을 깨웠을 뿐. 이 시간에도 신방 출입문 앞에 짓궂은 아낙네들이 모여서 가만히 숨죽이며 창호지 구멍에 침을 발라 은밀하게 뚫고 있었음은 물론이다.

기차의 눈시울이 퉁퉁 부어오른 까닭

칼바람이 이마와 빰을 후벼파는 겨울 새벽이었다.

인출이는 계모의 뒤를 따라서 철둑길을 넘었다. 하늘에는 차디찬 달빛이 쏟아져내리고 있었고, 어저께 내린 눈은 간밤의 추위로 꽁꽁 얼어붙어 있었다.

인출이가 눈을 밟을 때마다 발밑의 살얼음은 마치 한 장의 유리판이 와장창 깨어지는 듯이 맑고 서늘한 소리를 내었다. 인출이는 저만치 앞장서서 성큼성큼 걸어가는 계모와 일정한 간격을 두면서, 그녀의 뒤를 따라 북성로 쪽 남국병원 골목으로 접어들었다.

그때 마침 싸락눈이 푸슬푸슬 날리기 시작했다.

얼어붙은 길바닥에 눈이 쌓이기 시작하자 길은 점점 더 미끄러워졌다.

인출이는 허리를 구부리고 신이 나서 미끄럼을 타며 앞장서갔다.

'백조다방' 이라는 간판의 글씨가 희미하게 보이는 길가에 웬 술 취한 사람 하나가 쓰러져 있었다. 아무도 쓰러진 그에게 관심을 갖지 않았다. 자전거를 타고 가던 사람들이 그를 피하느라 핸들의 중심을 잃고 기우뚱거리며 휘청휘청하는 모습이 보였다. '미모사다방' 에서 밤새도록 술을 마신 사람들이 다져진 눈길로 무턱대고 걸어 나오다가 쓰러지는 광경도 보였다.

이 길로 곧장 가면 대구극장이 있다. 무대 위에서 너무도 절절한 연기로 사람들을 많이 울렸다는 악극 〈눈 나리는 밤〉은 전옥이 주인공이었다. 이 악극을 보러 누나가 다녀온 곳도 대구극장이다. 그 때 인출이 누나는 눈이 퉁퉁 부어서 왔다. 매사에 궁금한 것이 많은 인출이도 아버지께 졸라서 기어이 아버지랑 함께 그 악극을 보고 왔다.

'울고 울고 또 울고…… 눈물 없이는 볼 수 없는 무대, 관객 여러분께서는 필히 손수건을 준비하시라.'

이러한 문구가 커다란 글씨로 쓰인 극장 앞 포스터에는 전옥이 눈을 맞으며 탄식하는 그림이 그려져 있었다.

과연 비극배우 전옥은 무대 위에서 혼자 이 악극 공연을 독백으로 노련하게 엮어갔다. 무대 천장 꼭대기에 아슬아슬하게 올라앉아서 종이 눈을 뿌리는 소품 담당의 한 고용인이 있었다. 그는 늘 보던 연기에 무심했을 터인데도 그날따라 전옥의 절절한 연기에 슬그머니 빠져들다가 기어이 눈물을 적시고 말았다. 이때 그가 소매 끝으로 눈물을 닦느라고 잠시 방심하는 틈에 소품 광주리가 무대 위로 떨어져 종이 눈이 송두리째 쏟아지는 사고가 일어났다. 관객석에서는 폭소가 터져나왔다. 곧 비웃는 휘파람이 휙휙 들려올 것이었다.

그런데 전옥은 즉시 시치미를 뚝 떼며,

"하느님, 하느님도 무심하셔라! 저의 갈 길을 이렇게 막으셔야 합니까? 함박눈을 바가지로 퍼부으시니…… 흑흑흑…… 아, 이내 몸, 그래도 이 눈 속을 가야만 합니까?"

라고 능청스레 사설을 풀어가며 짐짓 무대 위에 풀썩 쓰러지는 노련한 연기를 펼쳤다.

객석은 한순간 찬물을 끼얹은 듯 조용해지며, 여기저기서 훌쩍이는 울음소리가 들리더니 급기야 통곡으로 바뀌어갔다. 남자 관객들은 모두 자리에서 일어서서 기립박수를 보내었다.

여기저기서 "전옥이 잘 한다!"라고 외치는 큰 소리가 들렸다.

걸음을 옮길 때마다 뽀드득거리며 들려오는 신발 밑의 눈소리를 들으며 인출이는 계모의 뒤를 잠자코 따라갔다. 인출이에겐 그날의 감동적인 순간의 기억이 여전히 새로웠다.

이런 실루엣이 생생하게 남아 있는 대구극장 쪽으로 가보았으면 좋으련만 저만치 앞장서서 걸어가는 계모는 오른쪽 남국병원 골목을 굽이 돌아 중앙통을 가로질러서 봉산동 초입으로 바쁘게 걸어갔다.

그 골목이 끝나는 곳에 왜정 때 지어진 것으로 보이는 낡은 일본식 가옥 하나가 보였다. 해방 전 일본 사람들이 살다가 버리고 떠난 이런 집을 그때는 적산가옥이라 했다. 현관 앞에 작은 간판이 하나 붙어 있었는데, 들어가면서 힐끗 보니 '대한천리교'라고 씌어 있었다. 음침하고 우중충하게 보이는 이 집이 바로 계모가 그토록 심취

해서 다니는 정신적인 안식처였던가보다. 해방된 지 십여 년이 조금 지났을 뿐인데 일본의 종교는 벌써 옛 식민지 땅에 되돌아와 어느 틈에 뿌리를 내리고 있었던 것이다.

그 집의 현관을 들어서는데 어디선가 딱따기 소리가 들렸다.

딱따기 소리는 추운 겨울밤, 골목을 돌아다니는 야경꾼이 내는 소리가 아니던가?

그런데 갑자기 여기서 웬 딱따기 소리인가?

먼저 온 사람들이 있는지 현관 앞에는 여러 켤레의 신발들이 가지런히 정돈되어 있었다. 곧 북소리가 둥둥 들려오고, 바라 소리도 들려왔다. 불안감으로 가슴이 사뭇 두근거려왔다. 생각보다 꽤 넓은 일본식 다다미방이 눈앞에 펼쳐졌다.

사람들이 커다란 방 안에 가득 모여 묵묵히 앞만 바라보며 있었다. 검은 빛깔의 일본식 고깔과 제의를 입은 남자가 제단 앞에서 연신 절을 하고, 무어라 알아들을 수 없는 주문을 외우며 딱따기를 치는 것이었다. 줄곧 외어대는 주문들 가운데는 일본말로 된 것도 있는 듯했다. 제관의 복장은 꼭 판사나 검사들이 법정에서 입는 옷과 비슷하게 닮은 것이었다. 제단 위에는 화려한 꽃장식이 울긋불긋하였고, 커다란 북이 하나 그 앞에 놓여 있었다.

계모는 온몸을 엎드려 절을 서너 번 하더니 단정히 무릎을 꿇고 앉는 것이었다.

또다시 딱따기 소리가 들리자 모든 신자들이 일제히 무슨 기도문 비슷한 것을 웅얼웅얼 외웠다.

'아시키로 아루데 다스케다마이 덴리오노미고도!(악한 것을 제거

하고 도와주소서. 천리왕님이시여!)'

인출이가 가만히 주변 사람들을 둘러보니, 손바닥을 모아서 앞으로 뒤집었다가 다시 내밀며 펼쳤다가 하는 단조로운 동작을 반복하면서 기도문을 외우는 것이었다. 두어 시간 가까이 지루하게 계속되는 그 종교의식을 계모는 정성을 다해서 눈을 지그시 감고 몰두하는 것이었다. 똑 같은 동작만이 되풀이되자 인출이의 흥미는 곧 줄어들었다.

인출이는 뒷전에 혼자 앉아서 지루한 하품을 연신 해대었다.

대구 같은 입을 쩌억 벌리고 찢어져라 하품을 하고 나면 눈꼬리에는 눈물까지 찍 맺혔다. 너무 일찍 시간에 맞춰 나오느라고 곤한 새벽잠을 설쳤던 것이다.

아, 그런데 이곳은 어딘지 모르게 이상하고 소름 끼치는 분위기가 서려 있다.

'천리왕님은 어떻게 생겼을까?'

'천리왕님은 예수님이나 부처님과 어떻게 다른 분인가?'

'천리왕님이 대체 누구이기에 계모는 저렇게도 정성을 쏟는 것일까?'

인출이는 졸음 속에서 정신이 몽롱하면서도 그 천리왕님이라는 것의 실체가 궁금해 견딜 수 없었다.

몇 달 동안 천리교에 푸욱 빠져 있던 계모는 무슨 까닭인지 어느 날부터 나가지 않았다. 그날 이후로는 꼼짝 않고 집에만 붙어 있는 것이었다. 몸살이 난 것 같기도 하고, 이불을 뒤집어쓰고 혼자 끙끙 앓기도 했다. 얼굴이 백지장처럼 해쓱하였다.

그날 이후로 인출이는 계모 가까이 다가가기가 두려웠다.

하루는 계모가 집에 찾아온 어떤 노파와 소곤소곤 이야기하고 있었다. 인출이는 방문 밖에서 두 사람의 대화를 몰래 엿들었다.

"이 모든 것이 이 집에 붙어 있는 귀신 때문이랍니다."

"아니 무슨 귀신?"

계모는 몹시 놀라는 눈치였다.

"귀신도 하나가 아니고 셋이나 되는구려. 굶어 죽은 귀신, 염병으로 죽은 귀신, 앓다가 죽은 몽달귀에……"

노파는 만신이었다.

만신 할망구는 계모의 몸이 아픈 것과 가정의 불화, 그리고 제대로 안 풀리는 모든 일까지 세상을 떠난 인출이 생모와 불쌍하게도 비명에 세상을 떠난 두 아들 탓으로 돌렸다. 한 많은 귀신 셋이 저승으로 못 떠나고 집 안 어딘가에 붙어서 늘 따라다니며 사사건건 계모의 일에 방해를 놓고 있다는 것이었다.

계모는 그날 곧바로 큰 시장으로 가서 제수용 물품들을 사들이고, 커다란 해원굿을 준비하느라 부산했다.

이튿날 날이 밝자마자 만신 할망구는 사람들을 데리고 와서 무청(巫廳)을 꾸미고, 색종이를 가위로 오려 울긋불긋한 꽃을 만들었다. 떡집에서는 때에 맞춰 김이 무럭무럭 나는 시루떡을 자전거로 배달해왔다.

하루해가 지친 얼굴로 뉘엿뉘엿 지는 저녁나절.

드디어 징소리를 쾅쾅 온 동네에 울리면서 굿은 시작되었다.

만신 할망구는 땀을 뻘뻘 흘리며 뭐라고 알 수 없는 사설을 청승

스럽게 엮어나갔다.

때로는 북을 치고, 또 이따금 징을 깨어버리기라도 할 듯 마구 거칠게 두드렸다. 동네 사람들이 우물가에 들어와 서서 심각한 표정으로 팔짱을 끼고 굿 구경을 하였다. 인출이도 그들 사이에 끼어서 보았다. 왠지 창피한 마음에 가슴이 부들부들 떨렸다.

쌀이 소복하게 담긴 놋그릇에 한 자루의 양초가 꽂혀 있고, 거기서 흘러내린 촛농이 쌀알 위로 뚝뚝 떨어졌다. 촛불의 불꽃은 바람에 꺼질 듯이 일렁거렸다.

얼마나 시간이 지났을까?

대나무를 잡고 있던 작은 만신이 큰 하품을 줄곧 해대었다. 신이 내릴 때는 이렇게 하품을 하는 것으로 만신에게 기별을 한다고 했다. 그러더니 금방 눈을 감고 사시나무 떨듯이 팔을 와들와들 떨기 시작했다.

이윽고 만신 할망구는 자리에서 벌떡 일어나 머리에 쓴 고깔이 천장에 닿도록 펄쩍펄쩍 뛰기 시작했다. 어디서 저런 힘이 솟아나는가?

구경하던 사람들은 긴장된 얼굴로 숨을 죽이고 지켜보았다.

아마 두어 시간은 족히 뛰었을 것이다.

만신 할망구가 갑자기 자리에 털썩 앉더니 방바닥을 치고 훌쩍거리며 울기 시작했다.

삽시간에 그녀의 주름진 얼굴은 온통 눈물 콧물로 범벅이 되었다. 작은 만신이 눈물을 닦아주고, 수건을 코에 갖다대자 어린아이처럼 흥 하고 코를 풀었다. 그러고는 지금까지와는 전혀 다른 이상한 비음이 섞인 코맹맹이 소리로 인출이네 가족들 이름을 낱낱이 슬프게 부르는 것이었다.

만신 할망구는 뒤쪽에 엉거주춤하게 서 있던 인출이네 아버지를 불러서 자기 앞에 앉히더니, 아버지의 손을 마주 잡고 대성통곡을 했다.

"아이구 여보! 이게 얼마 만인가요? 흑, 흑, 흑…… 제 목소리를 기억이나 하시나요? 저 춥고 어두운 곳에서 너무나 떨며 굶주리고 지냈어요…… 흑, 흑, 흑…… 지금 저는 너무 배가 고파요, 여보!"

저 할망구의 목에서 어찌 저리도 한 맺힌 소리가 터져나오는가?

이때 이웃집 아주머니가 손가락으로 인출이 등을 쿡쿡 찌르며

"얘! 지금 네 엄마의 혼령이 오셨대. 저게 바로 네 엄마 목소리래!"

하고 소곤거렸다.

정말 어머니가 오신 걸까?

인출이는 소름이 끼쳤다. 갑자기 찬바람 부는 밭고랑에서 오줌을 누고 났을 때처럼 등골이 부르르 떨리고 마치 찬바람이 지나간 듯하였다.

어머니의 넋은 만신 할망구의 입을 빌려서 아버지를 무수히 원망하고, 또 얼러댔다. 인출이 아버지는 얼굴까지 벌겋게 달아올랐다.

눈가는 약간의 물기로 젖어 있었다.

"이제 이곳 걱정 말고, 부디 멀리멀리 잘 가소."

아버지는 노잣돈을 꺼내어서 만신 할망구의 북 위에다 올려놓

왔다.

인출이는 아무런 실감이 나질 않았다. 하지만 찾아온 혼령이 '엄마' 라는 말에 인출이 눈에는 당장 눈물이 피잉 돌았다.

'어머니가 오셨다면 왜 나를 부르지 않는 걸까?'

'그렇게도 어머니가 보고 싶었는데……'

세상을 떠나실 때 한줌 핏덩이였던 인출이를 거들떠보지도 않는 어머니가 너무도 야속했다.

'진짜 어머니가 오셨다면 나를 만나지 않고 결코 그냥 가시진 않으리라. 우리 가족들 중에서 특히 나를 남겨두고 떠난 것에 대한 한과 애잔함이 유난히 크셨을 텐데……'

인출이는 만신 할망구가 틀림없이 거짓말로 꾸며서 연극을 하고 있는 것이라 생각했다.

만신 할망구는 누나들까지 일일이 불러다가 쓸어안고 등을 어루만지며 훌쩍훌쩍 우는 것이었다. 인출이 누나들은 그 동안 참고 참았던 설움의 보따리를 드디어 끌러놓고, 마치 모녀가 직접 만나기라도 한 것처럼 만신 할망구와 마주 안고 울었다.

설움으로 북받친 목에선 끄윽 끅 소리까지 났다.

마침내 만신 할망구는 허연 광목천을 길게 펼쳐서 맞잡게 하고는 그 가운데를 천천히 가르고 지나갔다. 광목은 쫘악 소리를 내며 두 갈래로 길게 찢어졌다. 큰 만신과 작은 만신은 앉은 채로 휘파람이 섞인 긴 한숨을 여러 차례 내쉬었다.

이마의 땀을 옷소매로 쓰윽 닦고 난 만신 할망구는 미리 준비한 굵은 소금을 한 바가지 들고 안방, 건넌방, 다락방, 벽장 등등 집 안

구석구석을 마구 휘젓고 다니며 홱홱 소금을 뿌려대는 것이었다. 마당, 우물가, 장독대, 개집 부근, 변소, 대문 주변, 심지어는 대문 밖 골목으로까지 나가서 와삭와삭 모본단 치마 소리를 내며 소금을 뿌렸다.

나무판자를 잇대어 만든 변소는 집 안에서 가장 꺼리는 부정한 장소다.

누가 죽었다는 부고가 날아오면 인출이 아버지는 그 부고를 다시 봉투에 넣어서 변소 천장 판자 틈에 끼워놓았다. 부고를 방 안에 그대로 방치해두면 나쁜 귀신이 달려들어 가족들에게 부정을 탈 수 있다고 말했다. 그래서 가을비 오는 날, 망자의 죽음을 알리는 부고가 판자 틈에 끼워진 채로 비에 축축이 젖어가는 광경은 몹시 을씨년스러웠다.

이제 그 부정한 장소에 만신 할망구가 뿌려대는 소금이 날아가 박히는 것이다. 귀신은 그 소금이 두려워서도 줄곧 보금자리 치고 있던 터전을 홀짝 떠나 단숨에 달아나버렸으리라.

"물러가라! 더이상 침노 말아라!"

만신 할망구의 걸음걸이에는 아무도 관여할 수 없는 어떤 서슬 푸른 위엄 같은 것이 느껴졌다. 대문 앞 골목에는 마치 싸락눈이 뿌리다 만 것처럼 희뿌옇게 소금이 깔렸다.

굿은 새벽이 가까울 때쯤 드디어 끝이 났다.

만신 할망구는 광목천과 종이꽃들, 대나무 등, 굿에 쓰인 여러 소도구들을 모두 들고 철둑으로 올라갔다.

깜깜한 밤, 웬 불길이 철둑 위에서 일어났다.

만신 할망구의 땀에 젖고 불그레한 얼굴이 화안한 불빛에 잠시 비치었다.

다 타서 사그라진 재는 바람에 둥실 떠올라 흡사 떠나기 싫은 미련이라도 가진 한 떼의 회색 나비들처럼 공중에서 멈칫멈칫하다가, 이윽고 철길 건너편 어둠 속으로 사라졌다. 드디어 굿판의 촛불은 꺼지고 본래의 암흑으로 되돌아갔다.

그 동안 인출이 집 곳곳에 붙박여 있었다던 한 맺힌 가족들의 혼령도 만신 할망구의 인도를 받아 그늘지고 습기 찬 중음의 세계를 떠나 분명 멀고먼 곳으로 떠나갔을 것이었다.

그러나 집 안의 분위기는 해원굿을 하기 전과 크게 달라진 기미가 보이질 않았다. 마치 사람이 살지 않는 집처럼 언제나 냉랭한 기운이 감돌았다.

한번 일어난 가정불화는 밭고랑의 마른 풀을 태우는 불처럼 끊어졌다간 이어지고, 잠잠하다가는 새삼스럽게 불길이 일었다. 차라리 새엄마가 없을 때가 더욱 좋았다는 생각도 자주 들었다. 말수가 적던 계모도 이제는 지난날의 모습이 아니었다.

특히 히스테리를 심하게 부릴 때면 인출이 눈에는 그녀가 흡사 짜증을 부리기 위해 이 세상에 태어난 사람처럼 보였다.

또 슬픈 기적소리가 들려왔다.

기적소리는 인출이에게 줄곧 다급하게 보채는 것 같았다.

'떠나라! 떠나!'

'애야! 뭘 망설이고 있니?'

정말 인출이는 어디론가 천리만리 달아나고 싶었다.

그곳은 더이상 계모의 짜증도, 집안 식구들간의 갈등과 서러움의 눈물도 없이 오직 무색의 투명한 고요만이 감돌고 있을 테지?

'아마 나는 거기서 어머니를 만나게 될지도 몰라. 아, 어머니를 만나면 나는 무슨 말부터 일러줄까? 아니야. 내가 말하지 않아도 어머니는 이미 그 동안의 모든 것을 낱낱이 다 알고 있을 거야.'

잠결에도 인출이는 기차를 타고 어딘지 모르는 알 수 없는 곳으로 훨훨 날아서 떠나는 꿈을 꾸었다. 그러다가 그 기차에서 툭 떨어졌는데, 얼핏 보니 전매료의 나무 계단이 아닌가?

계단 위에는 인출이가 세상에서 가장 싫어하는 아편쟁이 계모의 무서운 얼굴이 보였다.

인출이는 너무도 놀라서 황급히 달아나려 했지만 발이 얼어붙었는지 몸은 꼼짝달싹도 안 했다.

"안 돼! 안 돼! 도망칠 거야! 싫어!"

인출이는 소스라쳐 잠을 깨었다. 식은땀이 온몸에서 흘러 이부자리를 적시었다.

경비행기가 파란 하늘에 삐라를 뿌리는 삼일절 아침.

삐라는 무더기로 떨어지다가 공중에서 흩어져 사방으로 날린다. 이따금 풀어지지 않고 그냥 뭉텅이로 떨어지는 놈도 있다. 이걸 줍는 날은 그야말로 횡재다. 아이들은 철둑 위로 올라가 신이 나서 구경하다가 삐라가 바람에 날려 떨어지는 곳으로 일제히 함성을 지르며 우르르 몰려갔다.

삐라에는 주로 이승만 이기붕의 사진과 함께, 국민들에게 보낸다

는 자유당 담화문이 인쇄되어 있었다. 그때부터 이미 자유당 정권은 정치적 음모와 독재의 썩은 수렁으로 한 걸음씩 빠져들고 있었던 것이다.

"야아! 강구(광고) 뿌린다. 강구 주우러 가자아!"

골목의 악동들은 모두 경부선 철둑 위에서 이리 껑충 저리 껑충 몰이꾼에게 쫓기는 노루처럼 뛰어다니면서 나풀나풀 떨어지는 삐라를 줍느라 정신이 없었다. 이렇게 주운 삐라를 인출이가 아버지께 갖다드리면,

"마침 화장실에 휴지가 부족하던 터에 잘 되었구나야!"

라고 반색하셨다.

인출이 아버지는 안방 서랍에 들어 있던 'US'라는 글자가 선명히 찍혀 있는 하얀 알루미늄 과도를 꺼내어 삐라를 정확히 네 등분해 잘랐다. 이런 화장지를 쓰다보면 가끔 이승만 대통령의 얼굴이 두 쪽 혹은 서너 쪽으로 갈라진 것이 보였다. 자유당 정부의 대민 선전용 삐라는 이렇게 하늘에서 떨어진 즉시 철도 연변 주민들의 화장실로 직행해버렸던 것이다.

아니면 딱지를 접어서 악동들끼리 딱지치기를 하든지.

그때 인출이는 허리를 구부리고 삐라를 줍다가 한 아이를 보았다.

한쪽 다리를 저는 그 아이는 불편한 다리 때문에 뒤뚱거리면서 삐라를 제대로 줍지 못하고 있었다. 인출이는 자신이 주운 한 뭉치의 삐라를 그 아이에게 말없이 내밀었다. 인걸이라는 이름의 그 아이는 구역이 다른 이웃 초등학교를 다니고 있었다.

인출이네 집에서 별로 멀지 않은 건널목 쪽 철둑 가에 살았는데,

아버지가 말꾼이었다. 말에다 달구지를 달아서 하루 종일 짐을 운반하고 다니는 아버지와 얼굴이 심하게 얽은 어머니, 그리고 인걸이 세 식구였다. 인출이 집보다 더욱 가난한 살림이었지만 인걸이네 집은 늘 환하고 밝은 기운으로 가득하였다.

인걸이네 아버지는 술을 잘 마시고 불콰한 얼굴로 항상 껄껄 웃는 표정이었다.

바쁜 일을 쉬는 일요일이면 이른 아침부터 말발굽 손질을 하거나 찌그러진 달구지에 망치로 못을 박으며 하루를 보내었다. 어깨가 쩍 벌어지고 평소 우스갯말을 잘하는 호탕한 인걸이 엄마는 극장 뒤편의 고무공장으로 일하러 다니고 있었다.

인출이는 삐라 줍던 날 이후로 인걸이와 금방 친해져서 그 집에 가서 살다시피 했다. 늦은 밤 인걸이 엄마는 공장에서 아무리 지쳐 돌아와도,

"난 네가 우리 인걸이와 함께 놀아주어서 참 고맙단다. 둘이 이름도 비슷한데 너희들이 그대로 형제가 되었으면 좋겠구나."
라고 말하며 인출이를 품에 꼭 껴안고 친자식처럼 등을 토닥거려 주었다.

이 때문에 어쩌면 인출이는 친구 인걸이보다 인걸이 엄마를 더 좋아했는지도 모른다. 그만큼 인걸이 엄마는 성격이 자상하고 부지런했다.

두 소년은 철둑길을 줄곧 따라 걸어서 일반인 출입 금지 지역인 기차역 플랫폼 쪽으로 몰래 숨어들어간 적이 있었다. 마침 열차는 서로 붙였다가 떼었다가 하면서 접속절환작업중이었다. 천천히 움

직이는 열차 앞 난간을 붙들고 올라 붉은 깃발과 초록 깃발을 바람 속에서 번갈아 흔드는 역무원의 모습이 인출이는 너무도 멋있게 느껴졌다.

“인걸아! 저 아저씨 참 멋있지? 나도 크면 저렇게 기차 타고 깃발 흔드는 사람이 될 거야.”

이런 말을 인걸이는 재빠르게 받았다.

“난 기차가 싫어. 기차는 지긋지긋해. 난 말이야! 경마장에서 말 타고 깃발 흔드는 사람이 더 좋더라.”

둘의 주된 관심은 오직 깃발이었다.

그들은 좀더 과감하게 역전 마당까지 슬그머니 다가가보았다. 철조망의 개구멍으로 빠져나가 바라본 역 광장은 몹시 붐비었다.

그곳에는 열차를 타고 내리는 사람들과 더불어 온갖 양아치들이 득시글거리고 있었다. 부랑자들, 깡패들, 정신병자들, 깡통을 든 거지 아이들, 깍쟁이들, 소매치기들, 건달들, 망령이 들어서 혼자 돌아다니는 늙은 거지들, 불구자들, 한쪽 팔이 없이 구부러진 쇠꼬챙이를 달고 있는 상이군인들, 말세가 가까웠으니 주 예수를 믿으라고 외치는 예수쟁이들을 보았다.

인출이는 그들 가운데서도 야릇한 행동을 하는 사람을 보았다.

불빛이 흐릿한 대합실 더러운 바닥에 엎드려 그 불결한 오물투성이의 시멘트 바닥에 쪽 소리가 나도록 입을 맞추고는 다시 일어서서 온몸을 엎드리는 오체투지의 절을 하는 한 광인이 바로 그였다. 그 광인의 눈은 이상한 감격이 서린 듯한 광채로 빛나고 있었으며, 세상의 어떤 고통도 부끄러움도 모두 초월하고서 오직 다른 공간과 다른 세계의 눈부신 진리를 확고부동하게 바라보고 있는 듯하였다.

행인들은 더러 침을 탁탁 뱉으며,

"에익 재수 없어!"

하고 지나가거나 못마땅한 표정으로 비명을 질렀다.

하지만 광인은 주변의 시선에 전혀 아랑곳하지 않고 오직 자신의 동작만 되풀이하는 것이었다. 인출이는 줄곧 광인을 바라보면서 그의 절대적인 세계에 대한 야릇한 동경과 선망마저 느끼고 있었다.

적어도 광인은 자잘한 가정불화, 계모로부터 겪는 서러움, 가난과 수치심 따위의 그 어떤 비천하고 비굴한 감정도 느끼지 않을 것이었다. 그처럼 자질구레한 감정들은 광인을 쓰러뜨리려고 단단히 벼르며 달려들었다가도, 광인이 전혀 아무런 반응을 보이지 않자 낭패한 표정을 지으며 틀림없이 뒷걸음질로 물러났을 것이었다.

이렇게 다정하게 지내던 인걸이가 어느 날 인출이 곁을 영영 떠나갔다.

고무공장에서 밤일하는 제 어머니의 도시락을 전해주러 갔다가, 때마침 공장에서 일어난 불길에 휩싸여 그들 모자가 밖으로 나오지 못하게 된 것이다. 그로부터 인출이는 다시 인걸이네 집을 찾아갈 수 없게 되었다.

싸락눈 흩날리는 스산한 저녁이었다.

인출이가 인걸이네 집 앞을 지나칠 적이면 말집에 혼자 서 있는 조랑말이 발굽으로 툭툭 마룻바닥을 차는 소리가 쓸쓸하게 들렸다. 가족을 모두 잃어버린 마부 아버지는 빈 방 안에서 혼자 무슨 생각을 하고 있었을까? 혹시 역 광장에서 보았던 광인처럼 미쳐버리지는 않을까? 인출이는 오직 그것만이 걱정이었다.

지금쯤 인걸이는 틀림없이 다시 태어나 자기가 그토록 부러워하던 경마장의 깃발 흔드는 사람으로 살아가겠지?

장난꾸러기 기차

하루는 눈에 무엇이 낀 것처럼 찝찝하고 앞이 침침한 것을 느꼈다. 어쩌면 하루 이틀이 아니라 오래된 것인지도 몰랐다. 왜냐하면 그때 인출이에게는 유난히 심한 눈끔적이 버릇이 있었기 때문이다. 무엇인가 눈에 단단히 탈이 난 것이 분명했다.

인출이는 계모를 따라 금성이발소 앞을 지나 칠성동 굴다리 부근에서 눈을 잘 본다는 한 할머니에게 갔다. 안과 병원이 귀하던 시절, 그 할머니는 눈병을 전문으로 고쳐서 동네 인근에서 '눈 할마시'로 불리는 민간 의사였다. 계모와는 이미 오래 전부터 서로 얼굴을 알고 있는 사이처럼 보였다.

모서리가 닳고 닳아서 열 때마다 이상한 소리가 끼익 들리는 대문을 밀고 들어서면 크고 작은 방마다 모두 눈에 하얀 가루를 뒤집어쓰고 누워 있는 환자들이 보였다. 그 집의 대문간 옆 쓰레기통에는 환자들의 눈꺼풀에서 피를 닦아낸 시뻘건 솜뭉치가 가득했다.

인출이는 약간 겁먹은 얼굴로 주춤거리며 할머니 앞에 다가가 목침을 베고 반듯하게 누웠다. 할머니는 대뜸 인출이 눈꺼풀을 까뒤집었다.

그러고는 단 한 마디,

"도라홈(트라코마라는 이름의 눈병)이야!"

라고 입 안에서 웅얼거리는 목소리로 말했다.

할머니는 대나무를 잘게 쪼갠 살을 두 개 모아쥐고 인출이 눈꺼풀을 뒤집어 사정없이 문질러대기 시작했다. 이른바 '도라홈'을 퇴치하는 수술이었다. 문지르고 또 문질러서 좁쌀 같은 병원균의 덩어리를 모두 긁어 없앤다고 했다.

대나무에 마구 쓸린 눈의 상처는 소금을 뿌린 듯이 쓰리고 따갑고 아려왔다.

눈에서 피가 흐르면 솜뭉치로 닦아내고 또 닦아내고 하기를 서너 차례.

이윽고 '눈 할마시'는 인출이의 눈 상처 부위에다 성분 미상의 하얀 가루를 뿌렸다. 그것은 '눈 할마시'가 직접 만든 조약이라고 했다. 어떤 약초의 열매를 갈아서 만든 그 약이 바로 눈병을 잘 낫게 하는 비결이라고도 했다.

눈꺼풀에서 흐른 피가 눈물과 약가루와 서로 뒤엉켜 인출이는 눈을 감지도 뜨지도 못하는 소경처럼 누워서 아득한 허공의 어느 한 지점을 응시하고 있었다. 눈을 감고 있는데도 눈 앞에는 이상한 무늬 같은 것이 어른거리며 지나갔다.

그날부터 인출이는 열흘 동안 이 무지하고도 야만적인 치료의 고통을 견뎌내야만 했다.

그것은 오로지 '눈 할마시'의 지엄한 명령이었다.

하지만 열흘이 지나고 보름이 지나도록 눈은 더욱 침침해졌고, 눈물만 자꾸 흘러내렸다.

그 집을 여러 날 다니면서 보니 '눈 할마시'는 눈이 아파서 찾아오는 사람 거의 모두에게,

"도라홈이야!"

라고 말하는 것 같았다.

거기에 드나드는 동안, 할머니가 '도라홈' 이외의 다른 병명을 말하는 것을 인출이는 보지 못했다. 적어도 '눈 할마시' 에게 모든 눈병은 오직 '도라홈' 밖에 없는 것처럼 보였다.

할머니는 눈꺼풀의 안쪽을 긁어낸 대나무 살을 소금물에 씻어 자신의 쪽진 머리 뒤의 은비녀 옆에다 예비용으로 꽂았다. 그러고는 그 옆의 새 대나무 살을 뽑아 자신을 기다리는 다음 환자에게 건너갔다. 대나무를 잘게 쪼갠 살은 '눈 할마시'의 '도라홈'을 치료하는 거의 유일한 수술도구였다.

인출이의 눈은 대나무 살로 마구 긁어댄 심한 자극으로 온통 벌겋게 거의 한 달 가까이 핏발이 서 있었다. 거울 앞에 서서 보면 인출이의 눈은 마치 태어날 때부터 눈에 붉은 자위만 있었던 것 같았다.

꽤 오래도록 다녀도 별반 개선될 기미가 보이지 않자 인출이의 아버지는 누군가의 권유로 드디어 시내의 안경원으로 갔다.

안경원은 기차역 부근 '미나까이 골목' 길가에 있었다. 해방된 지

십여 년이 넘었건만, 거기에 서 있던 '미나까이'라는 일본 백화점 이름은 여전히 그대로 쓰이고 있었던 것이다. 지난 식민지 시절에 '미나까(三中)'란 이름의 일본인이 거기에 백화점을 세운 뒤로 그로부터 수십 년 세월이 지난 지금까지 그곳을 일본식 이름으로 부르는 사람들이 있다.

하기야 사람들이 지금까지 흔히 쓰는 '중앙통(中央通)' '본정통(本町通)'이란 말도, 또 충청도 어딘가에 있다는 '오정목(五町目) 다리'라는 말도 다 그런 식민지 때의 말들이 아니던가.

인출이는 연푸른빛이 은은히 감도는 안경을 새로 맞추어 쓰고 길거리에 나왔다.

그런데 그 동안 보이지 않던 전혀 새로운 세상이 산뜻하게 보이는 게 아닌가.

와! 이렇게 맑고 깨끗한 세상이라니!

인출이 눈이 그렇게 침침하고 눈물이 자주 고였던 것은 그 흉측한 '도라홈' 탓이 아니라, 지독한 근시 때문이었던 것이다.

사실 인출이는 눈이 나쁜 줄도 모르고 안경이 그렇게 쓰고 싶었다.

학교에서 안경 낀 친구들을 보면 마냥 부럽기만 했다. 안경 낀 아이들은 여느 아이들과 전혀 다른 세계에서 살고 있는 아이처럼 여겨졌다.

어떤 안경 낀 친구에게,

"네 안경 한 번만 써보게 해줘."

라고 했다가 쌀쌀맞게 거절을 당한 뒤로 인출이는 더욱 안경을 끼고 싶었다.

그래도 인출이는 안경 맞춰달라는 얘기를 아버지에게 감히 꺼내지 못했다. 보나마나 꾸중만 들을 것이 뻔했기 때문이다.

다음날 안경을 끼고 학교에 간 인출이는 동무들에게 그저 자랑이 하고 싶었다.

인출이에게 안경 빌려주기를 거절했던 친구 앞을 일부러 보란 듯 으쓱거리며 지나갔다. 하지만 그 녀석은 인출이에게 아무런 관심도 보이지 않았다.

그해 추석에는 사라호 태풍이 왔다.

인출이네 아버지는 병자년 이후 거의 육십 년 만의 큰 물난리라고 했다.

하수도와 변소가 넘쳐서 골목과 집의 마당까지 더러운 흙탕물이 넘실거렸다.

인출이는 아버지가 추석빔으로 사다주신 새 운동화가 신고 싶어서 안달이 났다. 종일 무서운 장대비가 쏟아지자 참다못한 인출이는 마루에서 새 신을 신고 이 방 저 방 돌아다녔다. 그러다가 이를 발견한 아버지로부터 호통을 맞고 금방 풀이 죽었다. 어려서부터 엄마 없이 자란 아이들이 대개 그렇듯 인출이는 작은 꾸지람에도 쉽게 기운이 꺾여버렸다.

어린 시절, 인출이는 손끝만 살짝 갖다대어도 금방 시무룩 처져버리는 한 포기의 미모사처럼 너무도 연약하고 예민한 소년이었다.

아주 사소한 외부의 자극에도 그 두려움을 못 이기고 속으로 벌벌 떠는 소년이었다. 마루 초자문(硝子門) 앞에 기대서서 유리에 새겨진 대나무와 국화꽃 무늬를 공연히 손가락으로 비비며, 인출이는 마

당의 빗줄기를 원망스럽게 내다보았다.

바로 그때였다.

세찬 비바람에 콜타르를 검게 칠한 판자 울타리가 빗물을 흠뻑 먹고 무게를 못 이겨 풀썩 쓰러졌다. 느닷없이 담장 밖의 골목과 마당의 구별이 없어져버렸다. 골목을 지나가던 행인들이 인출이네 집 마당을 곁눈질로 흘끔흘끔 보았다.

인출이는 아랫도리를 둥둥 걷고, 살 부러진 우산을 펴들고 섬돌까지 차오른 흙탕물로 첨벙첨벙 걸어들어갔다. 검은 빛깔의 울타리에는 습기가 차서 어느 틈에 주황빛 이끼가 점점이 돋아나 있었다. 울타리를 지탱하던 나무 기둥 밑은 이미 오래 전부터 썩어 있었던 것이다.

태풍 때문에 비록 새 신발은 신을 수 없었지만 평소에 못 보던 이 광경이 철부지 인출이에게는 참 즐겁고 재미있었다. 무릎까지 차오르는 더러운 물 속을 오리처럼 헤치며 신이 나서 소리까지 꽥꽥 지르며 걸어다녔다. 인출이 아버지는 부엌 바닥에 고인 흙탕물을 양동이와 쓰레받기로 퍼내어 마당으로 쏟아붓고 있었다.

물이 무릎까지 차오른 동네 골목에는 온갖 오물들이 둥둥 떠다녔다. 대문 옆의 변소들마다 물이 가득 차서 인분수거 구멍으로 똥 덩이들이 넘쳐나오고 있었다. 인분수거 구멍을 떠올리니 웃음이 쿡 나온다.

그 무렵에는 이른 아침이나 새벽 골목에서 들려오는 아련한 소리가 있었다. 종을 치며 다니던 두부장수, 어묵장수의 소리와도 다른 그 소리…… 어느 시인이 쓴 「애국자」란 작품에는 조용한 골목에서 들려오는 '똥 퍼여!' 소리를 '동포여!' 라고 외치는 투사의 소리로 착각하는 내용이 있었다. 이 시를 소리 높여 읽고 인출이는 큰 소리로 웃었다.

얼마나 재미있고 통쾌한가? 사실 꽉 찬 똥통에서 인분을 퍼내는 일꾼들의 표정은 식민지 시절 독립투사의 얼굴처럼 자못 진지하고 결연했다. 그들의 이마에 흐르는 땀, 똥통을 어깨에 지고 나를 때 출렁이는 리듬을 잘 조절해서 땅바닥에 조금도 흘리지 않고 사뿐거리며 걸어가던 걸음걸이는 얼마나 신중하고 조신하였던가.

하지만 그들의 진지함에 대해서 전혀 무관심한 행인들은 그 옆을 지나며 코를 싸쥐었다. 너무도 독한 암모니아 냄새 때문에 얼굴을 잔뜩 찡그린 채 마치 저 혼자 바쁜 물가의 도요새처럼 종종걸음으로 서둘러 지나쳐갔다.

인출이네 백부는 인출이 아버지처럼 일찍 상처를 하고 새부인을 얻어서 사는 액운이 많은 신세로, 감삼못 부근 미나리꽝을 끼고 달리는 철둑길 옆 동사무소에 딸린 방 한 칸을 빌려서 기거했다. 말 그대로 영세민이었다. 사주와 손금도 봐주고, 혼인 택일에 작명까지 한다고 커다랗게 쓴 붓글씨를 창문에 붙여놓았다. 어쩌다 괜찮은 안줏감이 생길 때면 인출이네 아버지는 당신 형을 생각하고 소주를 한 병 구하여 술상을 차렸다. 그러곤 아들을 시켜서 당신 형님께 기별해 모셔오도록 했다.

인출이는 항시 아버지의 형님인 백부를 초청하러 가는 전령이었다.

남의 집에 무얼 빌려오라는 심부름은 싫어도 이런 심부름은 마냥 즐거웠다. 그곳에서는 인출이보다 나이가 한 살 아래인 사촌누이와

즐겁게 놀 수 있었기 때문이다. 이런 일들로 해서 인출이는 자주 백부 댁에 가게 되었는데, 그때마다 백부는 부러진 한쪽 다리를 실로 꿴 낡은 로이드 테의 동그란 돋보기 안경을 끼고 옛날 한문책을 보고 있었다.

인출이 백부는 원래 한학에 정통한 학자였다고 하는데 때를 제대로 만나지 못해서 적막한 살림이 되어버렸다고 한다. 워낙 불우한 처지에서 제대로 한번 꽃피어보지를 못한 선비였다. 백부는 『동의보감』이나 『향약집성방』이란 옛날 책을 보고 한약도 잘 짓는다고 했다. 인출이가 갈 적마다 건재 한약의 봉지가 천장과 벽에 주렁주렁 매달린 비좁은 방 바람벽에 비스듬히 등을 기대고 책을 읽거나 시조창을 길게 읊조리는 모습을 많이 보았다.

"매화 옛 등걸에 봄철이 돌아오니 옛 피던 가지에 피움즉도 하다마는……"

약간 쉰 듯한 청으로 길게 한바탕 뽑아가면, 천장의 한약 봉지들이 거기에 화답하여 일제히 파들파들 떨리는 것 같았다.

첫 아내를 저세상으로 떠나보내고 새로 만난 백모는 얼굴이 무섭게 생긴 신딸이었다.

벽에는 신장님을 커다랗게 그린 탱화가 있었고, 중앙의 커다란 신장님 좌우에는 작고 울긋불긋한 신장님들과 하얀 호랑이까지 그려져 있었다. 방 안의 그런 분위기가 절집과 비슷하면서도 상당히 다른 느낌으로 을씨년스런 분위기를 풍겼다.

백모는 정성껏 지은 고봉밥을 그 앞에다 떠놓고 무어라 알아들을 수 없는 비난수의 말을 혼자 중얼거렸다. 두 손바닥을 싹싹 소리가 나도록 마주 비비며 연신 큰절을 했다. 앞이마가 온통 땀으로 젖은 백모는 절을 마치고 긴 휘파람소리가 섞인 한숨을 크게 쉬면서 그제야 자리에 앉았다.

인출이는 그런 백모의 눈이 무서워서 똑바로 바라보지를 못했다.

백부는 어느 날 인출이를 불러 무엇인가를 주셨다. 방 아랫목에 평소 백부 소지품을 넣어두는 작은 나무궤짝이 있었는데, 거기서 백부가 꺼낸 것은 뜻밖에도 한 다스의 연필이었다.

"얘야! 이 연필로 부지런히 공부하고 노력해서 나중에 글 읽는 학자가 되어라!"

인출이가 지금도 기억에 생생한 것은 지우개도 붙어 있지 않은 그 연필의 상표가 하필 '새벽연필' 이었다는 사실이다.

'새벽' 이라는 두 글자가 연필 등에 그야말로 동트기 전 미명의 빛깔처럼 어슴푸레한 은박으로 찍혀서, 그 연필은 좁고 어두운 백부댁에서 가장 화사하고 빛나는 물건이었다. 어쩌면 백부는 늘 오지 않는 새벽을 기약 없이 기다리며 살아가신 분이 아니었을까?

하지만 그렇게도 기다리던 백부의 '새벽' 은 항상 그를 비켜서 갔다. 일평생 자신에게 한 번도 찾아와주지 아니한 새벽을 백부는 마냥 기다리며 살다가 가신 것이다.

그런 시간 속에서 백부는 어느 날 그토록 갈망해 마지않던 자신의 그 소중한 '새벽' 을 궤짝에서 꺼내어 어린 조카에게 주었던 것이다. 그때 인출이가 백부로부터 전해받았던 그 벅찬 '새벽' 의 밝은 기운은 지금 얼마만큼 남아 있는 것일까?

어느 가을밤의 일이던가.

그곳은 아마 대전역이었을 것이다. 아버지와 내가 같은 역에서 함께 쉬는 밤은 거의 드물었는데 그날은 모처럼 특별한 일이 없이 호젓한 시간을 보내고 있었다. 철도 파업 때문에 많은 열차들이 역 구내에서 쉬고 있었다.

인출이 아버지는 인출이를 무릎에 앉히고 보름달을 보면서 당신이 즐겨 부르던 노래 한 토막을 가르쳐주셨다. 달과 나그네도 나오고, 푸른 잔디와 저녁노을도 등장하는 노래였다.

그날의 몸 떨리는 감격을 인출이는 생생히 기억한다.

그때 아버지의 무릎은 얼마나 정겹고 따스하였던가?

가끔 아들의 어깨와 두 볼을 쓰다듬던 아버지의 다정한 손길은 어찌 그리도 부드러웠던 것인가? 노래를 부르시던 아버지의 잔잔한 음성은 얼마나 정겨운 것이었던가?

한 번은 사촌 호민이네 소를 몰고 쇠주골 쪽으로 꼴 먹이러 간 적이 있었다.

나이가 몇 살 많아 가장 형뻘인 키다리 판성이와 성격이 거칠었던 그의 아우 윤태, 짓궂은 말과 행동으로 남의 가슴에 상처를 잘 주던 상돈이, 늘 해죽해죽 잘 웃는 길화까지 모두 함께 갔다. 소고삐를 묶어서 산등성이 풀을 제멋대로 골라 먹도록 놓아두고 산골 아이들은 아름드리 굴참나무 그늘 밑에서 놀았다. 판성이는 뒷주머니에 꽂아온 피리를 불었다. 윤태는 하모니카를 불었다. 상돈이, 길화는 함께 나누어 먹을 수 있는 짠대 뿌리를 캐러 갔다. 그들이 캐온 짠대 뿌리는 쌉쌀하고도 단맛이 나는 산촌 아이들의 간식거리였다.

인출이는 나무 밑에 누워서 고향 하늘을 향해 하염없이 달려가는 흰 구름을 보았다. 그렇게 놀다가 하루해가 저물면 다시 어린 주인 옆으로 내려온 소고삐를 잡고 마을로 돌아오곤 했다. 돌아오는 길에는 꼭 활터 모성암 정자 옆을 거쳐서 왔다. 모성암이란 세 글자가 굵게 음각으로 새겨진 그 너럭바위는 예전 선비들이 공부하다가 나와서 개울 건너편에 과녁을 세워놓고 활을 쏘며 즐기던 곳이라 했다. 그래서 활터란 이름이 붙었다.

너럭바위가 워낙 뛰어난 주변 경치를 바라보기 좋은 곳이어서 사람들이 바위 위에다 아담한 정자 하나를 세우게 된 것이다. 아이들이 모성암을 들르게 된 것은 정자 앞을 흐르는 용소에서 멱을 감을 수 있었기 때문이다.

아이들은 소고삐를 나무에 묶어두고 모성암 정자 앞 너럭바위에서 옷을 활활 벗었다. 그리곤 곧장 물 속으로 풍덩 뛰어들었다. 자맥질을 해서 물 바닥을 뒤지기도 하고, 돌멩이를 집어서 나오기도 했다. 수영을 잘하는 아이들은 솜씨를 뽐내느라 온갖 재주를 부렸는데, 인출이는 기껏 개헤엄으로 얕은 물가에서만 놀았다.

용소에서 가장 깊은 곳은 어른 키로 두 길이 넘었다. 그런데 해마다 이곳에서 사람이 빠져 죽는 사고가 일어났었다. 용소에 물귀신이 붙박고 산다는 말도 있었다. 구영이네 모녀가 죽은 곳도 바로 여기다. 개울 건너 밭에 다녀오는 길에 엄마와 딸이 함께 용소로 들어가 다시는 제 발로 나오지 못했다고 한다.

늦은 밤 구영이네 집 앞을 지나다보면 졸지에 아내와 딸을 한꺼번에 잃은 구영이 아버지의 흐느끼는 소리가 귀곡성처럼 사립문 밖으로 들려오곤 했다. 부엉이 우는 밤이면 죽은 구영이의 넋이 슬피 울면서 자기 집 마당을 헤매고 다니는 것 같아 인출이는 온몸에 소름이 끼쳤다.

구영이네 모녀가 죽고 난 다음 활터 모성암을 찾는 이는 거의 없었다. 그러지 않아도 누루묵댁의 작은 딸 옥식이가 미쳐서 달밤에 산과 들을 뛰어다니다가 기어이 용소에 몸을 던진 사연도 있는 터여서 모성암 부근은 더욱 을씨년스러웠다. 이런 사연을 전혀 모르는 외지 사람들이나 어쩌다 정자에 앉았다 갈 뿐, 상좌원 마을 사람들의 발길은 끊어지다시피 했다.

낮에 소에게 꼴 뜯기고 제각기 집으로 돌아가서 저녁을 먹고 나면, 아이들은 낮에 만났던 시간이 부족했다는 듯 다시 호민이네 사랑채로 슬금슬금 모여들었다.

별이 밤하늘에 총총하고 넓고 넓은 밤하늘을 가로지르는 은하수 저편에서 길게 한 줄기 빛을 뿌리며 별똥이 떨어지는 시간. 산골 아이들은 윷을 놀기도 하고, 또 어른들이 갖고 놀던 화투를 들고 와서 민화투 놀이도 했다. 지는 아이들은 손목을 맞았는데, 특히 여자아이들의 하얀 손목을 잡고 때릴 때가 가장 짜릿했다.

양푼에 담아온 바싹 마른 감껍질이 유일한 간식이다. 곶감을 만들 때 벗겨낸 껍질을 말린 이 감껍질은 하얀 당분이 배어나와 단맛이 깊었다. 놀다가 발동이 걸리면 두부 만드는 집으로 가서 두부를 사와 밤참으로 나누어 먹었다.

두 편을 갈라서 서로 벌칙을 주며 놀기도 하다가 이것도 싱거우면 마을 계집아이들을 불렀다. 목소리 큰 정순이, 잘 토라지는 상교, 살

색이 유난히 창백하던 상희, 항상 웃는 얼굴로 살랑거리던 꿈분이…… 이 아이들은 마치 기다리기라도 했다는 듯 즉시 달려와서 좁은 방 안에서 무릎을 맞대고 즐겁게 놀았다. 공기놀이, 화투놀이, 쥐잡기 놀이, 수건돌리기, 희고 뽀얀 손목을 잡고 때리던 신패놀이, 서로의 다리를 마주 끼우고 손바닥으로 치며 노는 '이 거리 저 거리 갓거리' 따위로 노루꼬리만큼 짧은 여름밤은 깊어갔다.

어쩌다 누가 갑자기 촛불을 끄고 무서운 이야기를 하면

"어맛!"

하고 비명을 지르며 남자아이들 품으로 마구 파고들던 계집아이들. 이런 계집아이들을 슬그머니 끌어안고 어둠 속에서 그 시간을 가만히 즐기던 장난꾸러기 소년들. 이럴 때 방바닥을 더듬어 성냥 곽을 찾아서 재빨리 촛불을 켜는 녀석이 가장 미웠었지. 언제나 자지러지는 웃음으로 느긋하고도 흥겹게 살아가던 산골 아이들과 그토록 아름답던 한 폭의 풍경화는 지금 모두 어디로 사라진 것일까?

기차의 이별

철둑 가 주민들이 곤히 잠자리에 들기 시작하는 시간.

철도 주변의 낡고 허름한 가옥들 양철 지붕 위로 흐드러진 달빛이 축복처럼 쏟아진다.

하지만 예나 제나 가난에서 벗어나지 못하고 있는 철둑 가의 주민들.

삶이 괴롭고 힘겨울 때면 여전히 점쟁이를 찾아가서 환히 트여올 인생의 새벽이 언제쯤인지를 물어보고, 자나 깨나 철도 쪽에서 들려오는 슬픈 기적소리에 파묻혀 살아가는 사람들.

굽이굽이 칠백 리 산도 많은 철로길
기적소리 바퀴 소리 김빠진 완행열차
산꿩이 퍼덕이는 언덕으로 아 달려만 간다
희망을 싣고서 단꿈을 싣고서 달리는 완행열차

철도 연변에서 살아가는 주민들은 모두 깜깜한 어둠 속에 갇혀서 기적소리를 들으며, 언젠가 한번쯤은 반드시 밝아올 새벽을 기다리는 사람들이다. 하지만 현재 그들의 앞에는 넘어야 할 높은 산과 고개가 얼마나 많은 것인가?

이런 힘든 세월 속에서도 철둑 가 사람들은 마음속으로 굳게 믿고 있는 것이 하나 있다. 그것은 바로 기적소리에 대한 막연하고도 어렴풋한 한 가닥 기대이다. 늘 들려오는 저 기적소리가 언젠가는 김빠진 완행열차처럼 단조롭고 따분한 삶에 한번쯤은 획기적인 감격을 반드시 실어다줄 것이라는 맹목적인 희망이다. 그들은 이런 기대를 굳센 신앙처럼 가슴속에 품고 있다.

어느 날 기적소리가 그들의 삶 주변에서 홀연히 사라져버린다면 아마도 철도 연변 주민들의 삶은 몹시도 불안해질 것이다. 그런 그들에게 있어서 기적소리는 참으로 중요한 삶의 일부이다. 철도 주변을 과감히 박차고 떠나지 못하는 까닭도 이 기적소리 때문이다.

이런 사실을 깨닫게 되자 나는 생각을 바꾸었다.

지금까지도 그렇게 살아왔지만 앞으로도 나는 내 길을 달리며, 삶이 아무리 힘든 경우라도 기적소리를 열심히, 그리고 우렁차게 울려야겠다는 결심을 하게 되었다. 내가 무심코 울렸던 기적소리가 철도변 주민들의 고단한 삶에 그처럼 위안과 격려가 되었을 줄이야.

나는 무수히 흘러간 시간의 강물이 아주 흘러가서 사라져버린 줄 알았다.

그런데 놀랍게도 그 강물은 우리가 사는 곳 바로 지척에, 아니 내 가슴속에 고스란히 살아서 잔잔히 흐르고 있는 것이었다. 시간의 강물은 그 동안 우리의 눈앞에서 단지 자신의 몸을 드러내지 않았을 뿐이었다.

그토록 서럽고 눈물도 많았던 소년 시절.

애련의 파노라마는 지금 내 앞에서 한 폭의 낡은 흑백영화의 필름처럼 불규칙적인 소리를 삐걱 삐이걱 내면서 영사기 위를 멈칫멈칫 돌아간다. 빛바랜 필름 위로는 주룩주룩 내리는 빗줄기 같은 시간들이 연속해서 지나간다.

그 동안 나의 마음 한쪽 구석에 남몰래 감추어두었던 뭇 사람들에 대한 미움, 내가 만나고 헤어졌던 많은 사람들과 또 그들 가운데의 일부에게 내가 품었던 증오심이란 참으로 얼마나 덧없고 하찮은 것이었던가?

세상에서 가장 아름다운 것이야말로 화해와 용서라는 사실을 나는 드디어 깨달았다.

화해와 용서의 어렵고 힘든 터널을 통과하면 다시 포근한 숲에서 새싹이 돋아나 울창한 숲을 이루게 되겠지. 원래 울창하던 숲도 한 번 산불이 나서 황폐해지면 복구의 긴 시간이 필요한 법. 어떤 증오와 환멸도 오랜 세월의 그물을 통과하고 나면 또다시 새로운 연민과 정이 새록새록 돋아나는 것이다.

아! 나는 드디어 어둡고 우울하던 과거 시간으로부터 자유롭다.

그때 또 한 대의 열차가 기적소리를 울리며 질풍같이 지나갔다.

이젠 귀를 찢는 듯한 기적소리도 밝고 경쾌한 음악처럼 들렸다.

한순간 열차가 휩쓸고 간 뒤의 먼지가 왈칵 불어와 숨쉬기조차 힘들었다. 무슨 티끌이라도 들어갔는지 눈이 쓰리고 아렸다. 나는 자꾸만 손등으로 눈시울을 비벼댔다. 이런 나의 기색을 알아차렸는지 인출이는 내 다리를 끌어안았다. 나는 인출이를 번쩍 안아올려 내 품에 안았다. 인출이는 내 가슴에 얼굴과 가슴을 묻었다. 그 인출이의 귀에 대고 나는 나직하게 속삭였다.

"얘야. 난 지금껏 시간을 따라잡느라 분주하게 달렸단다. 때로는 바로 내 코앞을 달려가는 시간의 뒷덜미를 잡아챌 듯했지만 결국 시간은 나보다 저만치 앞서 달아나버렸어.

나는 이제야 깨달았단다. 시간이란 내가 따라잡을 수 있는 대상이 아니란 것을……

난 그 동안 아무런 영문도 모르고서 빨리 달리기만 했던 거야."

인출이는 내 말을 알아듣는지 못 알아듣는지 앞만 잠자코 바라보고 있었다.

가로등에 비친 우리의 그림자는 마치 한 사람처럼 보였다.

가슴속으로 격정과 애잔함이 끓어올라 얼굴이 달아오르고 화끈거렸지만, 입동 직후의 밤공기가 주는 서늘함 속에서 정신은 오히려 유리알 전구처럼 맑아졌다.

'회상의 언덕 위에 너무 오래 머물러 있었어.'

"어서 돌아가자, 인출아! 이런 철둑 가 언덕은 바람이 너무 차갑단다."

나는 인출에게 마치 타이르듯 다정한 목소리로 말했다.

인출이를 내려놓고 나는 더이상 할 말이 없어서 공연히 바닥에 달라붙은 젖은 흙을 툭툭 털어서 떼어냈다. 이런 단절과 침묵의 시간은 항상 어색하다.

돌아서서 언덕을 내려오려는데 지금까지 줄곧 슬프게만 들리던 기적소리가 갑자기 뚝 끊어졌다.

우리가 기다리던 열차는 이제 터널 속으로 들어가버렸는가?

터널 속으로 들어간 기차여!

다시 세상으로 나올 때엔 아무쪼록 밝고 환한 얼굴로 나와다오. 두 번 다시는 우울하고 절망적인 표정은 짓지 말아다오. 흐리고 슬픈 얼굴을 하려거든 기나긴 터널 속에 갇혀서 다시는 내 앞에 나타나지 말아다오.

인출이도 지금 나와 똑 같은 생각을 하고 있으리라.

이런 상상을 하니 한 순간 기분이 즐겁고 밝아졌다. 나는 방금 열차가 떠나간 쪽을 물끄러미 바라보았다. 산모롱이 저쪽으로 길게 뻗어나간 철길 위에는 푸른 달빛이 마치 밤바다의 해파리처럼 찰랑찰

랑 넘실거리며 반짝였다. 그 광경은 철길이 마치 바닷물 속에 잠겨 있는 장면을 보는 듯한 착각에 언뜻 빠져들게 했다.

평소 삭막해 보이기만 하던 저 철길도 슬프고 서러웠던 가슴속 눈물과 아름다움을 자기 속에 몰래 감추고 이를 악물며 살아온 것이다. 내 부모와 내 고향 마을 사람들이 그렇게 살아온 것처럼 결코 자신의 내면적 아름다움을 세상의 표면에 드러내지 않으면서, 그냥 그 자리에 선 채로 있는 듯 마는 듯 오직 은은하게……

오, 철로 위에 쏟아지는 달빛이여!

그 눈물겨운 한 폭의 수묵화와도 같은 실루엣을 응시하고 있노라니 왠지 까닭 모를 신이 났다. 어디선가 아련한 기적소리가 들려왔다.

우리는 씩씩하고 힘찬 발걸음으로 철둑을 따라 걸어갔다.

'어서 저 춥고 을씨년스런 긴 골목을 빠져나가야지.'

나는 고개를 등뒤로 돌리고 오랜 세월 정신없이 숨가쁘게 달려왔던 나의 두 줄기 궤도를 돌아다보았다. 저 들판을 누비며 흘러가는 강물과 나는 과연 무엇이 다른 것인가?

기차라는 이름으로 달려온 세월의 중량, 그리고 숱하게 만나고 헤어진 사람들과의 인연에 대하여 나는 끊임없이 흘러가는 중에 서로 만났다가 헤어지는 강물과 같다고 생각한다. 묵묵히 흘러가면서도 자신의 내면에 하염없는 생각과 정신의 속삭임을 간직한 것도 서로 비슷하다. 어쩌면 우리 모두는 공중에서 뭉쳐졌다가 흩어진 바람결이 아니었을까? 같은 살, 같은 피, 같은 몸을 지닌 형제였던 것은 아닐까? 모습이 있는 것 같지만 정작 우리에겐 일정한 형체가 없다. 일정한 시간이 지나면 그 동안 지녔던 형체는 사라져버린다. 그걸 아쉬워하고 슬퍼할 필요는 전혀 없다.

내가 살아온 시간 속에서 무수히 만났다가 헤어진 그 많은 인연들에는 어떤 무리도 따르지 않았다. 내가 어떤 무리나 억지를 부린다고 해서 한번 마련된 인연이 사뭇 바뀌거나 획기적인 변화가 오는 것도 아니었다. 이 세상 모든 것에는 그 나름대로의 흐름이란 것이 분명히 있었다. 기차에겐 기차의 흐름이 있고, 인간에겐 인간의 흐름이 제각기 준비되어 있다. 이 모든 흐름을 다스리고 관리하는 것이 바로 구름의 고향인 대자연이다.

누가 대자연의 이 무서운 섭리를 거스를 수 있으랴.

나 또한 대자연의 섭리를 전혀 거역하지 않고 장항제련소의 시뻘건 용광로 속으로 묵묵히 들어갔던 것이다.

사고를 당한 증기기관차의 무쇠를 녹여서 만든 산뜻한 철판의 디젤기관차와 그 윤회의 모든 과정을 낱낱이 아는 사람은 그리 많지 않다. 내 영원한 마음의 친구 인출이도 이 사실을 전혀 모르고 있으리라. 이리역에서 일어났던 엄청난 사고의 중심에 있었던 기차가 바로 나였다는 사실을 인출이는 까맣게 짐작조차 못할 것이다.

그로부터 세월이 많이 흘렀다.

나는 전혀 다른 모습으로 세상에 태어나 철도 위를 달리고 있다.

한때는 디젤기관차로, 또 그 이후로는 지방도시를 달리는 완행열차로 여전히 이 나라 철도 위를 달려왔다.

수년 전 북한의 용천역에서 대폭발이 일어났을 때 나는 이리역에서 내가 당했던 사고를 떠올리며 여러 날 악몽과 불면에 시달린 적이 있다. 보면 볼수록 두 사고는 비슷했다.

용천역 사고는 역 구내에서 질산암모늄과 연료용 기름을 넣은 열차의 교체작업을 하던 중이었다고 한다. 그때 다른 열차가 와서 들이받은 모양이다. 충돌 직후 철로변의 전봇대가 모조리 넘어지고 전깃줄이 끊어지면서 불똥이 튀었는데, 이 불똥이 열차의 기름으로 옮겨 붙었던가보다. 그 대참사의 현장은 안 보아도 눈에 선하다.

추돌 순간 쾅! 하는 폭음과 함께 앞차가 불꽃을 뿌리며 튕겨났을 것이다.

무거운 정적이 잠깐 이어지고 여기저기서 터져나오는 비명, 처절한 울음소리가 들렸다. 캄캄한 밤이라 아무것도 눈에 보이지 않았다. 어버이를 찾는 어린이, 아들딸을 부르는 어버이, 온갖 비명과 부르짖음만 들렸다. 아픔에 겨워 우짖는 신음소리! 이것이야말로 아비규환의 생지옥이 아니고 무엇인가?

그렇게 날이 밝았다. 역 구내의 똥냄새, 오줌 냄새, 피비린내 속에서 희끄무레 날이 밝았다. 기관차의 부서진 잔해에 대롱대롱 매달린 시체, 열차 속에 이리 엎어지고 저리 덮쳐서 겹겹이 쌓인 시체, 팔 떨어진 시체, 다리 끊어진 시체, 머리 깨어진 시체, 지붕에 걸쳐진 시체, 연결기 사이에서 허리 끊어진 시체……

홈에 쓰러진 어미 옆에서 밤새 울던 어린 딸은 이제 눈물조차 말라 애처로운 눈망울로 멍하게 허공만 본다. 홈 바닥에 누운 부상자들은 구급차에 하나 둘 실려나간다. 온갖 쓰레기와 똥오줌과 시체 위로 눈부신 아침햇살이 비친다.

이리역에서 내가 겪었던 참사와 어찌 그리도 똑같은 것인지, 참으로 알다가도 모를 것이 기차의 운명인가보다.

지금도 신문이나 라디오에서 열차사고 뉴스만 들려오면 내 온몸에는 소름이 끼쳐온다. 머리끝도 쭈뼛거리며 곤두선다. 아직도 간수와 차단기가 없이 경보기만 설치된 건널목이 전국에는 여러 곳 있다. 열차사고는 주로 그런 곳에서 많이 일어난다. 정지신호를 무시하고 건널목을 황급히 통과하려는 자동차들이 가장 골칫거리다. 사람이 많이 탄 버스와 열차가 건널목에서 충돌한다고 상상해보라. 얼마나 처참한 일이 벌어지겠는가.

어느 날이었던가.

장맛비가 쏟아지던 날 우산을 쓰고 철길을 건너던 한 청각장애인이 추풍령 부근에서 열차에 치었다는 슬픈 소식이 뉴스에서 들려왔다. 그의 귀는 안타깝게도 요란히 울려대는 기적소리를 전혀 듣지 못했을 것이다.

모든 이별은 이렇게 느닷없이 찾아오는 것이다.

오늘도 나는 지난날 인출이와 자주 만나던 그 철둑길 골목 앞을 지나가며 일부러 높다랗게 기적을 울려본다. 하지만 외모와 목청까지 전혀 달라진 내가 목메어 부르는 소리를 인출인들 어찌 알 수 있으리. 설혹 이승에서 다시 만날 기회가 있다 하더라도 우리는 서로를 알아보지 못할 것이다.

나는 인출이와 다시 만날 수 없다는 사실을 잘 알고 있다.

하지만 나는 가슴속에 병아리를 품고 있는 어미닭처럼 여전히 나의 벗 인출이를 품고 있다. 마찬가지로 인출이도 제 마음속에서 나에 대한 기억을 머금고 있을 것이다.

오랫동안 소식이 끊어진 나를 생각하며 인출이는 몹시 서운한 얼굴로 이렇게 말하리라.

'저를 아주 잊어버렸는지요?'

그러나 나는 인출이의 마음속으로 바람결처럼 날아가서 날마다 다정하게 속삭인다.

'세월이 아무리 흘러가도…… 우리 사랑은 조금도 변함이 없을 거야…… 사랑은 가슴이 따뜻한 사람만 지닐 수 있는 보물이란다.'

작가의 말

나의 기차는 어디로 갔을까?

우리는 우리 자신에 대한
살뜰한 궁금증을 언제나 잊고 살아왔다.
한 군데 머물지 못하고 늘 떠돌아다니는 물풀처럼,
또는 조각 구름처럼
삶의 중심을 잃고 멀뚱히 헤매다니는 우리에게
마음 뿌리를 찾는 일은
너무도 요긴하고 소중하다.
스스로가 누구인지도 모르고,
또 무작정 눈 질끈 감고 달리기만 해온 우리에게
지금 가장 필요한 질문은 바로
이 한마디 말이다.

나의 기차는 어디로 갔을까?

2008년 2월
이동순

문학동네 어른을 위한 동화
나의 기차는 어디로 갔을까

1판 1쇄 | 2008년 2월 18일
1판 3쇄 | 2011년 1월 15일

지은이 이동순
지은이 정병례
펴낸이 강병선
책임편집 조연주 서현아 양수현 | 디자인 윤종윤 유현아
마케팅 신정민 서유경 정소영 강병주 | 온라인 마케팅 이상혁 한민아 정진아
제작 안정숙 서동관 정구현 김애진 | 제작처 한영문화사

펴낸곳 (주)문학동네
출판등록 1993년 10월 22일 제406-2003-000045호
주소 413-756 경기도 파주시 교하읍 문발리 파주출판도시 513-8
전자우편 editor@munhak.com | 대표전화 031)955-8888 | 팩스 031)955-8855
문의전화 031) 955-8890(마케팅) 031) 955-8864(편집)
문학동네카페 http://cafe.naver.com/mhdn

ISBN 978-89-546-0514-4 03810

* 이 도서의 국립중앙도서관 출판시도서목록(CIP)은
e-CIP 홈페이지(http://www.nl.go.kr/cip.php)에서 이용하실 수 있습니다.
(CIP제어번호: CIP2008000380)

www.munhak.com